gacchi
ill.南々瀬なつ
冴えない加護持ち令嬢、孤高の王子様に見初められる
〜美貌の妹に言いなりの家族を捨てたら、真の能力が開花しました〜

「は、ハルト様？」
「まだ婚約できないけど、パートナーとしてこのくらいは見せつけないとな？」
フェリシー
豊穣の加護を持つ侯爵令嬢。
家族に虐げられても、
めげずに努力する頑張り屋。
ハルト
孤高の第三王子。
フェリシーの持つ加護にまつわる
秘密を知っているようで──？

ローゼリア
王族と縁深い公爵令嬢。
妃の地位を狙い、ハルトに
アプローチしているけれど……？
フルール
フェリシーの妹。
女神の加護を持ち、その力で
フェリシーを陥れる。
ブルーノ
フェリシーの元婚約者。

「朝からうるさいな、婚約者を大事にしているだけだ」
「フェリシーをどうする気なのよ！離しなさい！」

冴えない加護持ち令嬢、孤高の王子様に見初められる

～美貌の妹に言いなりの家族を捨てたら、真の能力が開花しました～

gacchi

ill.南々瀬なつ

Contents

第一章 ✦ 神託の日

幼い頃は、それほどひどい家じゃなかったと思う。

厳しいけれど優しいお祖父様が亡くなる前、三歳頃までは問題のない家族だった。

「フェリシーもフルールも将来は美しい令嬢になるだろう。それこそ、王族に求められるほどに」

そう言ってお祖父様は楽しそうに笑っていた。

この国の六大侯爵家の一つ、ラポワリー家の長女として、双子の妹フルールと分け隔《へだ》てなく育てられていた。

それが少しずつ変わっていって、いつからか双子なのに似ていないと言われることが多くなった。

なんだか雰囲気がおかしいと気がついた時には、お父様とお母様は美しいフルールだけを大事にするようになっていて。美しくない私とは関わりたくないのか、私だけ離れに追いやられ、顔を合わせても無視されることが増えた。

そんな生活にも慣れた十二歳の誕生日の翌日、教会に行くと言われて久しぶりに家族四人で馬車に乗った。

めずらしく外出できたのはうれしいが、お父様に叱られないように緊張して座る。お父様とお母様、フルールが楽しそうに話しているのに、会話に入れずに窓の外を見る。それほど時間はかからず、馬車はゆっくりと教会の前で止まった。

教会の前はたくさんの人がいたが、貴族だとわかると道を開けてくれる。大きな建物の中に足を踏み入れると、外よりも少しだけ気温が低い。ひんやりとした空気が身を引き締めるような気がして背筋を伸ばす。

これから神に祈りを捧げに行くのだ。緊張しないわけがない。

天井の高さや柱の彫刻に驚いていたら、あっという間に置いて行かれていた。かなり先を歩く三人は話すことに夢中で、私がいないことにも気がついていない。小走りで追いついて教会の奥へと進む。

「お母様ぁ、私には神の加護があると思うの！　絶対にね！」

甘えるようなフルールの高い声が廊下に響いた。その後ろ姿を見ながら、また新しくドレスを作ったのかと呆《あき》れる。可愛らしい水色のドレスにはたくさんのレースが縫い込んである。いくら侯爵家とはいえ、フルールのためのドレスを作りすぎじゃないだろうか。

「ええ、そうね。フルールなら神の加護があって当然だわ」

「何の加護かしら！　楽しみだわ！　ねぇ、お父様、今日の夜はお祝いしてくれるのでしょう？」

「ああ、もちろんだとも」

日ごろからフルールに甘い両親は、神託の儀式の前からお祝いする約束をしている。

貴族とはいえ、神の加護を授《さず》かって生まれる者はそれほど多くない。いくら美しいと評判のフルールでも、当然だと言い切ることはできないのに。

でも、そんなことを言っても叱られるだけ。姉なのにどうして妹に優しくできないんだと怒られるのはわかっている。楽しそうに会話を続ける三人に口を挟むことはしなかった。

教会の奥は許可がなくては入れないようになっているらしい。大きな扉を開けてもらって中に入ると、待っていた司祭たちに案内される。

平民も神託の儀式は受けるが、平民が神の加護を授かることはない。あるのはスキルと呼ばれる能力だけ。そのため、教会の司祭が執《と》り行いスキルの判定をしている。

貴族の神託の儀式を執り行うのは司祭ではなく、ヨハン王弟《おうてい》殿下だ。ヨハン様は神託を聞くことができる神の加護を授かっている。神託を聞くことができる加護というのはおよそ三十年に一度現れ、その加護を授かった者が儀式を執り行うことになっている。これによって貴族は神の加護を持っているかどうか知ることができる。

神託の儀式は十二歳で受けることが義務づけられているため、お父様はフルールだけでなく私も連れて来たようだ。義務でなかったら忘れられていた気がする。

生まれた時から神の加護があるはずなのに、なぜ神託の儀式が十二歳なのかは、幼い時に知ってしまうと加護の力に振り回されてしまうことがあるからだ。神の加護には責任が伴うため、理解できる年齢になるまで神託を受けるのを待つという。

奥の部屋に入ると、長い銀髪をゆったりと結んだ男性が椅子から立ちあがる。長身の身体はほっそりしているが、高位貴族らしく堂々として気品あふれている。

この方がヨハン様。年齢は三十代だったはずだが、もっと若々しく見える。髭のない顔立ちは中性的で美しく、透き通るような緑目が印象的だ。

見惚《みと》れそうになったがヨハン様が王族だということを思い出し、慌てて臣下の礼の姿勢をとる。そんな私を見て、お父様とお母様も慌てて礼をした。だが、フルールだけは意味がわからなかったのか、ヨハン様を見上げるように笑いかけていた。

「臣下の礼はしなくてもいいよ。ようこそ、ラポワリー侯爵。今日は二人のお嬢さんだったかな」

優しく声をかけられ、頭をあげる。王族なのに偉ぶらない人らしい。

「ええ、双子の娘なんです」

「あまり似ていないけれど、双子なのか」

目をこちらに向けられ、とたんに恥ずかしくなる。双子なのに似ていない。その言葉をここでも聞くとは。

妹のフルールは金髪青目ですらりとした完璧な美少女なのに、私はくすんだ灰色の髪にぼんやりした紫目。顔立ちも地味だと言われる。

しかも着ているドレスはフルールのお下がりだった。私の方が身長が低い分、裾の長さを調整して着ている。はっきりとした桃色のドレスはフルールなら似合うだろうけど、私が着ると地味な顔立ちが際立って見える。

妹に美しさを取られたのね、と陰口を言われるのはいつものことだ。簡単には傷つかないほどには言われ慣れた。それでもヨハン様のように美しい人に見比べられると悲しくなる。

なぜ、どんなに努力しても見た目の美しさだけで否定されるんだろう。教養とか知識とか、そういうのも見てわかればいいのに。

「じゃあ、どちらから儀式を受ける？」

「私が先に受けるわ！」

「わかった。中に入って」

うれしそうに手をあげたフルールが、ヨハン様について小部屋へと入っていく。

神託の儀式は本人しか入れない。何も聞こえないし、中の様子はわからない。終わって出てくるのを待つしかない。

儀式を待つ間、両親は部屋中を歩き回って少しも落ち着かない。いつものようにイライラしていないのは、フルールに神の加護があると確信しているからだろう。

しばらくすると勢いよくドアが開いて、フルールが笑顔で飛び出してきた。

「お父様！　お母様！　聞いて！　女神の加護だったわ！」

「女神の加護だと！　何十年ぶりだ！　やったな！」

「素晴らしいわ！　フルール。美しさを与えられる加護だなんて、さすが私の娘！」

本当に加護があったなんて。しかも女神の加護……フルールはもっと美しくなる？　今でも令嬢たちの中で一番美しいと言われているのに？　これまで以上に比べられて、私の容姿を貶《おとし》められることになるんだろうか。

「では、もう一人のお嬢さん、どうぞ」

落ち込む間もなく、ヨハン様から声をかけられて中に入る。お父様たちはもう私のことなど気にせず、こちらを見ようともしない。

小部屋の中は壁のいたるところに神の姿が彫刻されてあった。これは、どちらを向いて祈ればいいのだろう。

「そのまま目を閉じて祈ればいい。神に祈らなくてもいい。心の赴《おもむ》くままに、思ったことを」

「……」

（どうか、私の努力が報われる日が来ますように。美しくなくてもいい、誰かに認めてもらえたら）

どのくらいそのままでいたのだろう。温かい何かが額にふれたのを感じた。その後で温かさが全身に伝わっていく。

「あぁ、神託が降りた。君の加護は豊穣《ほうじょう》だ」

「ほうじょう？」

神託が降りたと言われ目をあけたら、ヨハン様が私の手を握ってきた。先ほどまでの微笑みとは違って、無邪気にも見える笑顔だった。

「豊穣も神の加護だよ。素晴らしい！」

「神の加護……どういうものでしょうか」

「ええと、君、名前は？」

「フェリシー・ラポワリーと申します」

「フェリシーか。とてもいい名前だ。豊穣の加護がいると、作物が良く育ったり家畜が繁殖しやすくなる」

「はぁ」

私にも神の加護があった。それはとてもうれしいけれど役に立つのだろうか？　この国はずっと豊作が続いている。豊穣の加護を授かったところで、あまり意味がないように思う。フルールの女神の加護と違いすぎて素直に喜べない。

「詳しい説明は侯爵夫妻と一緒にしようか。さきほどのお嬢さんの加護も説明しなくてはいけないし」

「はい」

小部屋から出たら、三人の姿が見えない。どうしたのかと思って近くにいた司祭に聞くと、困ったような顔をしている。

「侯爵夫妻は先ほど出て行きました。お祝いをしなくては、と言いながら妹様と帰って行かれました」

「は？　帰った？」

ぽかんとした顔になるヨハン様に、やっぱり普通ではありえないことなんだと理解する。

フルールに女神の加護があったと喜ぶのはわかるけど、まさか三人で帰ってしまうとは思わなかった。ヨハン様から加護の説明を聞くまではいなくてはいけないはずだし、何よりもお礼を言わないで帰るとは。

「申し訳ありません、大変失礼なことを」

「いや、謝るのはフェリシーじゃないよ。置いて行かれたんだよね？」

「はい」

それでも両親とフルールはいないのだから、謝るのは私しかいない。王弟殿下のヨハン様にこんな失礼なことをするなんて許されない。再度頭を下げようとしたら、肩に手を置かれた。

「大丈夫、気にしないでいい。よし、私がフェリシーを送って帰ろう」

「え？」

「だって、侯爵たちは馬車で帰ってしまったのだろう？　フェリシーが帰る馬車がないじゃないか」

「あ」

そうだった。四人で馬車に乗ってここまで来ていた。ラポワリー家から教会まで馬車で二十分ほど。屋敷の場所がわからないから歩いて帰れないし、一人で街を歩くことなんてできない。そんなみっともないことをしたら叱られるのは私だ。

「今日の仕事はこれで終わりだから。侯爵家まで送っていこう」

「ありがとうございます」

申し訳ない気持ちでいっぱいだけど、ヨハン様の馬車に乗せてもらわなければ帰れない。私を置いて行ったことを、両親かフルールが思い出してくれるのを待っても無駄な気がした。

蔑《ないがし》ろにされるのはめずらしくないが、今日はいつもよりひどい。フルールの女神の加護を喜んでいた両親の目には私が見えなかったのではないかと思うくらい、あからさまな態度だった。

王族専用の馬車はとても大きく、私一人では乗り込めなくてヨハン様の手を借りてしまった。ラポワリー侯爵家も貴族としては有数の家だが、王族とは格が違う。ふわふわした椅子におそるおそる座ると、ヨハン様がにっこりと笑う。

「もし、この馬車が気に入ったのなら養女に来てくれてもいいんだよ？」

「え？　……あの？」

「教会で儀式をするようになって十数年だが、子を置いて親が帰ったことはない」

「……そうですよね」

うちは普通じゃない。いつもフルールが優先される。それはよくわかっていたけれど、まさか置いて行かれるほど蔑ろにされたのは初めてだ。不快だったのか、さっきまで笑っていたヨハン様が眉間にしわをよせてしまっている。

「豊穣の加護は国にとっても大事な加護なんだ。こんな仕打ちをする家に置いておくわけにはいかない。私は王弟だが、アルヴィエ公爵でもある。王族の養女にするのは難しいけれど、公爵家の養女にするのは問題ない。私の娘になるつもりはないかい？」

「でも、うちは私とフルールしかいなくて。私が婿《むこ》を取って家を継ぐ予定なんです」

「令嬢だけ？　フェリシーが家を継ぐと決まっているのかい？」

「ええ。フルールは勉強が苦手なんです。領主になる勉強を嫌がってしまって。私しか継げる者がいないのです」

ヨハン様の養女になる話はありがたいけれど、ラポワリー侯爵家を継ぐのは私だと決まっている。

両親はフルールに継がせたかったのかもしれないが、五歳の時に始まった嫡子《ちゃくし》教育からフルールは逃げてしまった。

初めは同じ家庭教師だったはずなのに、いつのまにか違う家庭教師になっているのは、先生が怒るから変えてほしいとフルールがお父様にお願いしたらしい。その結果、フルールはダンスの授業以外は軒並み遅れていると聞いた。

十二歳になった今から勉強をやり直したとしても……いや、そんなことはしないだろう。フルールが興味を持つのはドレスや宝石、美しいものやお茶会での楽しい会話。令嬢としては間違っていないかもしれないけれど、領主になるのは無理だ。詳細を話すのはラポワリー侯爵家の恥になると思い、ヨハン様には軽く説明するだけにした。

「それに私には婚約者がいるんです。ラポワリー家に婿入りしてもらうことが決まっています」

「婚約者？　儀式の前に婚約するなんて早くないか？」

「……フルールと違って私では婿が見つからないだろうと、早くから探したようです」

あの時のお父様の言い分は悲しかったけれど、真実だと思った。美しいと評判のフルールであれば急いで相手を見つける必要はない。だが、何の取り柄もない私では侯爵家の身分を使わねば婿が見つけられない。そう言われて婚約した時、私も婚約者もまだ九歳の子どもだった。

私の話を静かに聞いていたヨハン様は、ため息をつきながらもう一度言った。

「それでも、両親が間違っていると思ったなら、私のところにおいで。いつでも手を貸そう。これはフェリシーのためであり、国のためでもある」

「国のため……」

「あの妹がフェリシーを害するのであれば、離れたほうがいい」

まるでフルールを敵視するようなヨハン様の言い方に首をかしげてしまう。

「何か疑問なことでもあった？」

「ヨハン様は私よりフルールのほうが優れているとは思わないのですか？」

両親でさえフルールが正しいと疑わないのに、会ったばかりのヨハン様がフルールを嫌う理由なんてあっただろうか。

「そうだな。なんて言っていいかわからないが、美しさが正しいとは思わない。そして、美しさを武器にする人間は嫌いなんだ。私は妹の美しさよりも、フェリシーの誠実さのほうが好ましいよ」

「……ありがとうございます」

誠実だと言われて、涙をこらえる。こんな風に褒《ほ》めてもらえるなんて思ってもみなかった。

「侯爵には後日呼び出して女神の加護について説明をすることになるが、フェリシーのことは言わないでおいたほうがいいか？」

「言わなくてもいいのですか？」

「あまり知られたくなさそうだったから。違うかい？」

「いいえ、その通りです」

「じゃあ、そうしよう」

秘密を共有するように、片目を閉じて笑うヨハン様に、つられて私も笑ってしまう。

まだ会って間もないヨハン様だが、信じてもいい気がしてきた。ヨハン様は私とフルールを見比べていたわけじゃなかった。ただ純粋に似ていないと思っていただけのようだ。

何も話さない空間が居心地良いと思ったのは初めてだ。こんな人が家族だったら、どんなに良かっただろうか。このまま馬車に揺られていたかったが、ゆっくりと止まる。屋敷の前に着いてしまった。

「あぁ、屋敷に着いたね。いいかい、フェリシー。私が言ったことは覚えておくんだよ？」

「わかりました。送っていただき、ありがとうございます」

ヨハン様の真剣な目に、しっかりとうなずいてお礼を言う。養女の申し出を受けることはできないけれど、ヨハン様の言葉は忘れないでいようと思った。

屋敷の中に入ると、家令のベンが慌てたように出迎えてくれる。

「フェリシーお嬢様!?　今の馬車はどなたですか！」

「王弟殿下のヨハン様が送ってくれたの。お父様たちは先に帰ってしまって」

「なんですって⁉　先ほど使いの者が来て、旦那様たちは食事をしてから帰ると。フェリシーお嬢様も一緒だとばかり思っていたのですが」

申し訳なさそうな顔をするベンに、悪いのはベンじゃないのにと無理に笑顔をつくる。

「そう。お父様たちはいないのね。じゃあ、いつものように食事は私の部屋に運んでくれる？　疲れたから部屋でゆっくりしたいの」

「かしこまりました」

いないのであれば、顔を合わせることもない。本当は家族そろって食事をする予定だったが、そうならなくて良かったかもしれない。一緒に食事をしていたら、ずっとフルールを褒めたたえる言葉を聞かされ続けたはずだ。それなら誰もいない部屋で一人で食事をしたほうがずっとましに思える。

私室に戻った後、食事を待つ間に日記を書いてしまおうと日記帳を開いたが、いろんなことがあったはずなのに書く気にならない。ヨハン様が言わないでくれるのなら、お父様たちには私に豊穣の加護があったことは内緒にしよう。言ってもフルールに比べてたいしたことないと見下されるような気がするし。

「フェリシー様、お食事の用意ができました」

「ありがとう。そこに置いておいて」

ノックして部屋に入ってきたのは侍女のミレーだった。もとは伯爵家の二女らしいが、右頬から顎にかけて大きな傷あとがある。

この国では教会に行けば治癒《ちゆ》のスキルを授かった治癒士が多くいて、平民でも手当てを受けることができる。そのため怪我で亡くなるようなことはめったにない。

ただし、治癒士ができるのは自然治癒力を高めることで、重大な病気や大きな怪我は治せない。ミレーが顔に傷を負ったのは馬車の事故が原因で、傷はふさがっても大きな傷あとが残ってしまった。ミレーには婚約者がいたそうだが解消になり、こうして侍女として働くことになった。ラポワリー侯爵家にミレーが勤め始めたのは二年前だが、フルールがミレーを醜《みにく》い者は見たくないと遠ざけた結果、私の専属侍女のような扱いになっている。

いつからかは忘れたけれど、私は美しいフルールと区別されて育てられるようになり、本邸ではなく離れに部屋を持っている。だから、本邸にいるフルールとは顔を合わせることも少ない。

今までもあまりフルールに関わってこなかったけれど、加護があるとわかったことでますます離れていく気がする。

これまでもお父様とお母様はフルールのわがままは全部聞いていた。私が同じことを言えば、あなたは姉のくせに、家を継ぐ立場なのに自覚が足りないと叱られる。

部屋でとった食事は美味《おい》しかったけれど、明日からの生活が憂鬱《ゆううつ》だ。

学園に通うのは十五歳から。あと三年もある。

フルールが嫁《とつ》ぐとしたら学園を卒業する十八歳。あと六年も同じ屋敷で生活しなくてはいけないと考えたら気が重くなる。だからといって、ヨハン様の養女になるつもりもない。

私の加護は豊穣か。農村地が多いラポワリー侯爵家なら、それなりに価値があるかもしれない。

今まで国中が豊作だったとしても、今後も続くとは限らない。不作になってしまった時に加護が役に立つかもしれない。

そう自分に言い聞かせて、教科書を開いた。明日も朝から家庭教師が来る。休んでいる時間はなかった。

第二章 ✦ 奪われる姉と欲しがりの妹

神託の儀式から三か月がすぎ、少しずつ屋敷の中が変わってきたのを感じた。本邸で働く使用人たちがどこか上の空で仕事をしているように見える。

「どうかしたの？」

「あ、いえ、何でもありません」

いつも真面目なミレーまでも様子がおかしい。ぼーっとしていることが多いから、どうしたのと声をかけても何でもないと言われる。もし悩み事があるのなら相談してほしいのに。

「そろそろ、ブルーノが来る時間だわ。迎えに行ってくれる？」

「あ、はい」

いつものミレーなら私が言う前に気がついて迎えに行く。やっぱりおかしいと思いながらも、無理に聞くことはできない。小さくため息をついて、教科書の準備をする。

少ししてドアがノックされた。返事をすると背の高い令息が部屋に入ってくる。

「やぁ、フェリシー。元気にしていた？」

「ええ、ブルーノ。あなたまた背が伸びたんじゃない？」

「あぁ、そうかも。おかげで身体が痛い時があるよ」

「その身長を少し分けてほしいくらいだわ」

「はは。無茶を言うね」

私の言葉に面白そうに笑う婚約者のブルーノは、アレバロ伯爵家の三男だ。

アレバロ伯爵領は伯爵家の中では小さな領地のため、三男まで家に居させるわけにはいかない。アレバロ伯爵がブルーノの婿入り先を探さなくてはと思っていたところに、ちょうどよくお父様が話を持って行ったらしい。

ブルーノと初めて会ったのは八歳の時。伯爵に連れてこられたブルーノは小さくて痩せ細っている男の子だった。パサついた薄茶色の髪は短く切られ、水色の目は視線が合わずおどおどしていた。顔色も悪く、病気なのかと思ったほどだった。

「ブルーノは食べても痩せっぽちで、こんな身体では騎士にもなれません。たいして賢《かしこ》くもないので文官も無理でしょう。うちとしてはありがたいのですが、本当にブルーノでよろしいのですか？」

アレバロ伯爵はそう言ってお父様に確認していたが、お父様は笑ってこう言った。

「フェリシーにはちょうどいいでしょう。うちも爵位以外は何の取り柄もありませんからな」

私とブルーノは、どちらも親から傷つくことを言われ育っていた。初対面でそのことがわかって、なんとなく仲間意識が芽生えた。

月に一回の交流として領主になる勉強をすることになったが、初めて二人で勉強をした日、見た目が悪くてもできることはあるはずだと話し合った。侯爵領の領主になるためにはたくさんの知識が必要になる。二人で手を取り合って侯爵家を継いでいこうと約束し、九歳になる時に正式に婚約をした。

　ブルーノが来る日はいつも帰る時間になるまで勉強しているが、間に一度休憩を取ることにしている。会わなかった間のことを聞くのも婚約者としては大事なことだからだ。お茶を飲んでいると、ふとブルーノが窓の外を見ているのがわかった。

「どうかした？」

「いや、この屋敷に来るようになってもうかなりたつのに、フェリシーの妹を見たことがないなって」

「あぁ、そういえばそうね」

「いくら妹は嫁に行かせる予定だとしても、一度も挨拶しないなんて、いいのかな？」

「そうね……」

　ブルーノとフルールが会っていないのはお父様の指示だった。お父様は私に会いに来るブルーノをフルールに会わせないようにしろと言った。

「あの伯爵家の三男ごときがフルールに一目惚れしたらどうするんだ！　フェリシーよりもフルールと結婚したいなんて言い出したら面倒だ。フルールはいずれ高貴な方に嫁ぐのだからな！」

　その「伯爵家の三男ごとき」と私を婚約させたくせに、お父様はフルールの目の前でそう言った。ついでにブルーノがちびのがりがりで役に立ちそうにないと話したせいで、フルールは興味を失ったようだった。

　……だが、それをブルーノに言えばただの悪口に聞こえてしまうだろう。今のブルーノは身長も伸びて、剣技の訓練に励んでいるためか鍛《きた》えられた身体をしている。薄茶だった短い髪は伸びて金に近くなったし、顔色も良く、堂々と目を合わせるようになった。悪くないどころか、むしろ誠実そうな令息に見えるし、今のブルーノは整った顔立ちなのではないだろうか。

「そのうち妹にも会わせてくれよな」

「今度挨拶できないか聞いてみるわ。フルールはいつもお茶会に行っていて忙しいみたいだから」

「あぁ、噂はよく聞くよ。令嬢たちの中で一番美しいって言われているんだろう」

どうやらフルールとお茶会で会った誰かから話を聞いて興味を持ったようだ。そんなに美しいなら会ってみたいということだったのだろうか。

「……期待しないで待っていて？　フルールは気まぐれだから」

「美人はわがままっていうもんな。わかったよ」

私がいい顔をしなかったのに気がついたのか、ブルーノもそれ以上は言わなかった。ブルーノとフルールを会わせたらどうなるのか考えただけで不安だった。婚約してからこれまで、穏やかだがいい関係を作れていると思う。それが壊されてしまうのではないかという不安がどうしても消えなかった。


もうすぐ春になる頃、私とフルールは十三歳の誕生日を迎えた。この日ばかりは両親も私のことを思い出したのか、家族そろっての晩餐《ばんさん》になった。

忙しい両親とは時間が合わないと言われ、私は一人で食事をするのが当たり前になっていた。そんな時ですら、フルールは両親と一緒に食べているらしい。

　正直に言ってしまえば、家族四人で食事をしてもうれしくない。三人が楽しく話しているのをただ黙って聞いているだけだから。

　フルールの話題に相づちをうつついでに、私のことを話そうとしたら、お前は自分のことばかり話そうとすると言われてしまったことがある。ずっと自分のことだけを話しているフルールには何も言わないのに。家族でいるほうが一人でいる時よりもずっとつらいと思ってしまうのは、私の行動がわがままだからなのだろうか。

「それでね、フェリシーの婚約者って思ったよりも素敵だったわ」

「え？」

　またフルールがお父様におねだりしているのだと思って聞き流していたら、なぜか私の婚約者の話になっていて驚いた。しかも、素敵だった？　フルールとは会ったことがないはずなのに？

　他のことなら黙っているつもりだったが、ブルーノに関することであれば口を挟まないわけにもいかない。

「フルール、あなたいつ私の婚約者に会ったの？」

「まだ会ってないわ。離れに行くのを偶然見かけただけ」

「そう……」

「背が高いし金髪だったし、素敵じゃない？　もう少し目が青かったら私とおそろいなのに」

「そうね」

「鍛えられている感じがして、騎士様みたいね！」

「そうね。剣技の訓練を頑張っているそうよ」

「すごい人なのね！　ねぇ、フェリシーにはもったいないんじゃない？」

「……」

笑顔のまま無邪気に言われ、さすがにうなずきたくなくて黙る。それを聞いたお父様が自分の手柄だとばかりに話し出す。

「そうだろう。フェリシーにはもったいない青年だ。私が見つけて来なかったら、フェリシーの婚約者なんて見つからなかっただろうなぁ」

「あら、あなた。うちは侯爵家なんですもの。フェリシーが相手であっても婿入りしたい者はいるでしょう？」

「それもそうだな。フェリシー。侯爵家に生まれたことを感謝するんだな！」

「はい」

その侯爵家を継ぐために毎日勉強ばかりしていることは評価されないのに、侯爵家に生まれたことは感謝しろと言われるのか。うんざりするけれど、貴族として生まれてきたからには責任がある。領地にいる者たちを守るためにも、こんなことで落ち込んでいられない。

「私も、勉強しようかなぁ」

「え？」

　幻聴でも聞こえたのかと思った。家庭教師が厳しくて嫌だと、基本的なことすら学ばないうちに逃げたフルールが勉強？

「だって、あと二年したら学園に行くんでしょう？　少しはやっておかないと困るわよね？」

「それはそうかもしれないけれど」

「そうよね？　だからフェリシーと婚約者が勉強している時に私も行くわ」

「え？」

　私とブルーノの勉強会に来る？　フルールとブルーノを会わせるの？　嫌な予感がする。というか、フルールに邪魔されるのは絶対に嫌。

「フルール、私たちが勉強しているのは領主になるための勉強よ？　学園で習うようなことはもう終わってしまっているわ」

「終わっているなら、教えてくれてもいいじゃない」

「私たちは忙しいのよ？」

　自分たちの勉強ですら大変なのに、フルールに教えるなんて。そう思って断ったら、ぱぁんと頬を叩かれて椅子から落ちた。

「……っ」

「お前はなんて意地悪なんだ！　妹が教えてほしいと言っているだろう！」

「申し訳ありません……」

「部屋に戻って反省しろ！」

「はい……」

お父様に叩かれた頬が熱をもっている。これは腫《は》れるだろう……。さすがに叩かれたのは初めてで泣きそうになる。

食事室のドアを閉めようとした時、フルールが私を笑顔で見ていた。とてもうれしそうに。私が叩かれたのがそんなにうれしいのだろうか。それでも、勉強会の話はうやむやになって終わった。

私室に戻るとすぐにベンが水桶《みずおけ》と布を持ってきてくれた。水に浸してから絞った布を押し当てて、痛みを落ち着かせる。耳の辺りまで叩かれたせいか少しふらふらする。

こんな時、いつもならすぐに来てくれるミレーが来なかったけれど、私はそれに気がつくことなく泣きながら眠った。


「フルールとお茶？」

「ええ、そうです。フルール様がお待ちです」

次の日の午後、ミレーから伝えられたのは、フルールが私とお茶したいということだった。もうすでに用意は済んでいると言われ、仕方なく行くことにする。勉強中だったが、断って後でまたお父様に叱られるのも嫌だ。

本邸に行くのに、ミレーが案内しようとしているのに気がついて驚く。ミレーはフルールに嫌われていたはずだけど、本邸に行っても大丈夫なのだろうか。

「ミレー、フルールに会うのが嫌なら、ついてこなくてもいいのよ？」

「いえ……大丈夫です」

「そう」

　顔色もあまり良くないし無理しなくてもいいのに、ミレーの態度は頑《かたく》なに見える。最近は悩み事があるようだし、フルールから何か言われたのだろうか。

　ミレーについて行くと、薔薇《ばら》が綺麗に見える中庭にお茶の席が用意してあった。もうすでにフルールは座っていて、お茶を楽しんでいる。私が来たのを見ると笑顔で座ってと言った。

「どうしたの？　フルール。急にお茶しようなんて」

「え？　たまにはフェリシーもお茶したほうがいいと思って。お茶会が苦手なのは知っているけれど、そういう態度は良くないわ」

「苦手というわけじゃないけれど」

　私がお茶会に出席しないのは、お父様とお母様に止められているから。お茶会で交流するのは、社交界に出る前に顔見知りを作っておくためだ。そうして社交界に出た後は嫁ぎ先を探すことになる。

　もうすでに婚約者がいる私は無理に社交する必要はなく、結婚が決まってから挨拶回りしても遅くはない。

　双子ということもあり、二人分のドレスや手土産を用意するのも大変だし、私が行かなくてもいいと言われるのも理解できる。

「みなさん、フェリシーがお茶会に出てこないのは、拗《す》ねているからだって思っているわよ？」

「拗ねている？　私が？」

「だって、フェリシーは美しくないもの。私はこんなに美しいのにね。双子だからって比べられるのは嫌なんでしょう？」

「それは……」

そのこと自体は間違っていないけれど、お茶会に行かない理由ではない。否定しようかと思ったけれど、お父様たちのせいにしたとわかれば、昨日のように叩かれるのだろうか。

「フルールは美しいわ。それは本当にそう思う」

「当たり前のことを言われても褒め言葉にはならないのよ？」

「みなさんフルールがいれば満足するんだし、私が行かなくてもいいんじゃない？」

「そんなことは当然よ。私はフェリシーのために言っているのに。わからないのねぇ」

私のためと言われても、よくわからない。どうしてお茶会に行かないことをフルールに咎《とが》められるんだろう。

「あぁ、そうそう。そこの侍女、私にちょうだい？」

「え？」

そこの侍女？　フェリシーが指さしていたのはミレーだった。顔の傷あとが醜いからと遠ざけていたミレーを欲しがるなんて、何か理由があるのだろうか。

「どうしてミレーを？」

「ふふん。私なら、あの醜い傷あとも治せるからよ」

「治せる？」

「そう！　女神の加護を使えば全部治せるのよ！」

「まさか傷あとも綺麗にできるっていうの？」

「そうよ。そこの侍女、フェリシーじゃなく、私に忠誠を誓うのなら治してあげてもいいのよ？」

　ミレーが私ではなくフルールに仕える？　しかも忠誠を誓って？　今までずっと私のそばにいてくれたのに？　ミレーは青ざめた顔で私の方は見てくれない。

「申し訳ありません、フェリシー様。私はこの傷あとがなければといつも願っていました」

「……そう」

「フルール様にお仕えしたく存じます」

　きっぱりとそう言ったミレーに怒りはない。あの傷あとのせいでどれだけ苦しんでいたか知っている。もし治るのだとしたら、フルールに忠誠を誓うくらい簡単にするだろう。

「ふふ。良いわよ。さぁ、こっちに来て」

「はい！」

　フルールのそばまで行って跪《ひざまず》いたミレーに、フルールの細くて白い手がかざされる。白い光のようなものに包まれたと思ったら、ミレーの右頬にあった傷あとが綺麗になくなっていた。

「あぁ、……本当になくなって……ありがとうございます！」

ひれ伏してお礼を言っているミレーと、それを面白がっているフルール。

女神の加護にこんな力があったなんて。これならますますフルールは評価されていくだろう。

私も素晴らしいと褒めたたえられるだけの器があれば良かったのかもしれない。もっと性格が良かったら、手放しで喜んであげられたのかもしれない。

だけど、ちっぽけな私はもっと小さくなってしまったように感じて、そっと席から離れた。

離れに戻る途中、心配そうなベンに会ったから、ついでのようにお願いする。

「ミレーはフルール付きになったわ。新しい侍女を配置してちょうだい。固定しなくていいわ。手の空いた者を交代でよこしてくれる？」

「……かしこまりました」

今は侍女は必要ないと言って、一人で部屋に戻った。

最近本邸が騒がしかったのは、フルールが女神の加護を使用人に使い始めたからか。ますますフェリシーの言うことを聞く使用人ばかりになると思うと気が滅入りそうだ。

それでも、とても素晴らしい力。私ではミレーを助けてあげることができなかった。その無力感でいっぱいになる。

窓の外ではぽつりぽつりと雨が降り始めた。それを話す相手はもういない。薄暗くなっていく部屋の灯りをつけてくれる人もいない。寝台の上にうずくまるようにして、窓の外をながめていた。

ブルーノから手紙が来ないことに気がついたのは、三週間後のことだった。

いつもなら次の勉強会の日を決める手紙が来ているはずなのに。前回の勉強会から、もう一か月が過ぎていた。

アレバロ家で何か起きたのだろうか。以前、祖母の体調が悪いからと二か月ほど来られない時期があった。

あの時は謝罪の手紙が前もって来ていたけれど、突発的に何かあったのかもしれない。もう少しだけ様子を見ることにした。

だが、それからまた三週間がすぎても手紙は来なかった。さすがにおかしいと思い、知っていそうなベンに確認しに行く。

ベンの執務室は本邸ではなく、使用人棟の中にある。これもフルールに嫌われたために移動させられたのだが、ベンは仕事がやりやすくなったと言って笑っていた。

執務室に入ると、下級使用人が掃除をしているところだった。小柄だが体格がしっかりしている赤毛の女の子。最近、私の部屋に食事を運んできてくれるララだった。

「ララ、ベンはどこに行ったの？」

「ええと、資料を持ってくると言っていたので、すぐに戻ると思います」

「そう。じゃあ、待つわ」

近くに置いてあったソファに座ると、ララは掃除の手を止めている。気をつかわなくていいと言うと、また本棚の整理を始めた。

ララはまだ幼いが、父親が借金を作ったままいなくなってしまったらしい。母親だけの収入では暮らしていけないので、下級使用人として雇われたと話していた。たまに来る本邸の侍女よりも真面目に働いてくれているが、平民のララではできることに限りがある。それでも信用できない侍女よりも、ララが来てくれたほうがよっぽどいいと思う。

少し待つとベンが紙の束を持って戻って来た。

「フェリシーお嬢様、どうしました?」

「あのね、ブルーノから手紙が来ないの。何か聞いていない?」

「そういえば、今月は勉強会がありませんでしたね。手紙は見ておりません。何かあったのでしょうか」

どうやらベンにも心当たりがないらしい。これはアレバロ家に問い合わせするべきだろうか。悩んでいると、ララが意外なことを言い始める。

「あの? お嬢様。ブルーノ様って、もしかして身長が高くて、金髪で水色の目をした令息ですか?」

「ええ、そうよ? どうして知っているの?」

ララが私の部屋に食事を運ぶようになったのは最近のことで、それまでは離れには来ていなかった。だからブルーノを見たことはないはずだが。

「昨日、本邸にいらっしゃいました」

「え?」

「フルールお嬢様と一緒にお茶をしていたところを見かけまして。本邸の侍女たちは毎週来ていると話していましたけど」

「毎週？　ブルーノが？　本当に？」

「いいえ、私も侍女たちが話をしているのを聞いただけなので……」

私が険《けわ》しい表情になったのに気がついたのか、ララがしまったという顔になる。あまり考えもせずに話してしまったのだろう。

「あの……私が言ったってこと、内緒にしてもらえませんか？　ここを辞めさせられてしまうと困るんです」

「大丈夫よ……言わないわ」

「あ、ありがとうございます」

ほっとしたのか、いつもの笑顔に戻るララに、一つだけお願いをすることにした。

「ねぇ、ララ。あなたの名前は絶対に言わないわ。だから、今度本邸にブルーノが来ていたら、教えてくれない？」

「わかりました」

ララにお願いしてから五日目。離れの部屋にララが訪ねてきた。

「あの、さきほど本邸に洗濯物を取りに行ったら、本日の午後にブルーノ様が来る予定だと侍女たちが準備をしていました」

「そう、ありがとう。わかったわ」

他の者たちに見つからないように抜け出してきたのか、ララは隠れるようにして帰っていった。

今日の午後にブルーノが本邸に来る。先週、ブルーノを見かけたという日から六日しかたっていない。私との勉強会は月に一回だったのに、本当に毎週本邸に来ている？

信じたくない気持ちと、ブルーノに裏切られた悲しみで胸が苦しい。もしかしたら、ミレーを取られた時のようにブルーノまでフルールに奪われてしまう？　どうしよう。そんなのは嫌だ。

婚約者だからといって愛し合っているとか、そういう感情はない。だけど、今までずっと一緒に領主になるために頑張ってきた。親から醜いと言われても、何も言い返せなくてつらい思いをしてきた。ブルーノは私と同じ気持ちを知っている、仲間だと思っているのに。

見たくない、知りたくないと思いながら、午後になって本邸に向かう。本邸に向かう前に、敷地の門の近くにアレバロ家の馬車が止まっているのが見えた。本当にブルーノが来ている。

応接室をノックすると、フルールの返事が聞こえた。

「入っていいわよ」

侍女でも来たと思ったのか、入ってきたのが私だとわかると意外そうな顔をした。

「あら、フェリシー？」

フルールとブルーノは同じソファにならんで座っていた。婚約者の私とだって、そんな座りかたはしたことがないのに。

一応は勉強をしていたのか、薄い教科書が一冊テーブルに置いてあった。ただし、教科書は閉じたままだし、隣にはたくさんのお茶菓子が置いてある。どう考えても勉強というよりは、お茶を楽しんでいたように見える。

　どこから文句を言っていいか迷っていると、ブルーノがため息をついた。

「やっと来たのか。だが、今さらだな。フェリシー、すぐに謝るのならまだ許したかもしれないのに、どうしてフルールをにらみつけているんだ」

「え？」

　やっと来た？　すぐに謝る？　どういうこと？　ブルーノの言葉に戸惑っていると、はぁとあからさまにため息をついた。

「俺としてはもう優しく対応するのも限界なんだ。フルールに嫉妬するのは仕方ないが、やることが卑怯だ」

「卑怯？　私が？」

「だって、そうだろう。フルールの家庭教師を辞めさせたり、一緒に勉強するのを嫌がって部屋から出て来なかったり。行動をあらためるように俺が手紙を出しても返事もない。呼びに行かせた時はミレーを怒鳴って追い返したんだろう？」

「……なん」

　何の話なのかと聞き返そうとしたら、ミレーの大きな声に阻《はば》まれた。

「申し訳ございません、ブルーノ様。私の力不足です。いくらフェリシー様が怒鳴っていても、根気よく説得するべきだったのです。あぁ、怒らないでください……フェリシー様」

「またそうやってミレーを叱るつもりか。侍女が可哀《かわい》そうだと思わないのか」

「ちがっ」

ミレーが何を言っているのか信じられなくて凝視していたのに、ミレーが怯えるように震え出した。それを見たブルーノが呆れたように私を責める。

いったい何が起きているのかわからない。フルールを見ると楽しそうに笑っている。おそらくフルールが何か嘘を言ったに違いない。そして、ブルーノはそれを信じてしまっている。何を言ったら誤解だと伝えられるんだろう。

「フルール、これはどういうことなの？」

「だって、フェリシーが意地悪するから、もう我慢できなくて。お父様とブルーノに話してしまったの。勉強したいのにフェリシーが邪魔してくるのって」

「私はフルールの邪魔なんてしていないわ！」

「勉強教えてって言ったのに、嫌だって言ったじゃない。ブルーノにも会わせないようにしていたし」

「それはっ」

それはそうかもしれないけれど、フルールの勉強を邪魔したわけじゃない。私とブルーノの邪魔をしないでほしかっただけなのに。

「もう、今さら顔を出さなくてもいいよ。フェリシーは一人で勉強したいんだろう。ミレー、悪いけどフェリシーを離れまで連れて行って」

「かしこまりました」

　ぐいっとミレーに腕を引っ張られ、応接室から連れ出される。そのまま離れへと向かう廊下をつかつかと歩くミレーに何か言わなくてはいけないと思う。

「ミレー、あなたどうしてあんな嘘を」

「私はフルール様に忠誠を誓いましたので」

「フルールに命令されてあんな嘘を?」

「さぁ、どうでしょうか。フェリシー様はもう本邸に来ないほうがいいと思いますよ。これ以上みじめにはなりたくないでしょう?　それでは失礼します」

　本邸から外に出され、呆然としている間にミレーは一礼して去って行った。離れでミレーと過ごした優しい思い出が消えていくのを感じた。

　どうして、ミレーはあんな嘘を平気で言うようになってしまったんだろう。お互いに助け合っていたように思っていたのは私だけだったんだろうか。


　ブルーノが離れに来なくなって、もう半年以上過ぎた。

　あの後もブルーノはフルールに会いに毎週来ているとララから聞いた。勉強していたのは初回だけで、後はお茶を飲んで話しているだけらしい。フルールの勉強の邪魔をしたと責められたのはいったい何だったのか。

　わかっている。ブルーノはフルールの美しさに心を奪われてしまったんだって。あんなに領主になるために頑張っていたのに、すっかり変わってしまった。

それでも私にできることは勉強することだけだった。今はフルールに心を奪われているかもしれないけれど、フルールは高貴な方に嫁がせる予定だとお父様は言っていた。

この国の王太子は三歳上、第二王子と第三王子が同じ歳なため、侯爵令嬢の私たちは婚約者候補に選ばれるかもしれない。おそらくお父様はフルールを王太子に嫁がせるつもりでいるのだろう。

昔、お母様が自分の髪色が茶色ではなく金か銀だったら、王子妃に選ばれていたはずなのにと愚痴を言っていたのを覚えている。金髪青目で女神の加護まで持って生まれたフルールなら、王太子妃に選ばれてもおかしくない。

そうなればブルーノは私と結婚するしか道はない。アレバロ伯爵家はブルーノの兄が家を継ぐことが決まっているのだから。

そう自分に言い聞かせるしかなかった。だが、二人でソファにならんでいた姿を思い出すたびに不安になる。

たまにベンとララが心配そうに様子を見にくる他は、誰も用事がなければ私の部屋に来なくなった。

本邸の侍女は仕事を放棄したのか、私の世話に来ることはない。必要最低限のことを下級使用人に頼んで生活しているが、こんなことはいつまで続くのだろう。

十四歳の誕生日のちょうど一か月前。めずらしく本邸の侍女が私の部屋に来た。いかにも不機嫌そうな顔でノックして入ってくると、「旦那様がお呼びです」とだけ言う。

お父様が呼んでいるのなら行かなくてはならない。侍女について行くと、本邸の応接室へと案内された。

ノックするとお父様の声で返事があった。中に入ると、お父様とフルールの他に、アレバロ伯爵とブルーノもいる。

「あぁ、お前は座らなくていい。話はすぐに終わる」

「はい」

座らなくていい？　全員がソファに座っている状況で立ったまま話を聞けと？　座る価値もないと言われたことに悔しさを感じるが、どうすることもできない。

「今日アレバロ伯爵とブルーノ君に来てもらったのは、婚約についての話をはっきりさせるためだ」

婚約について？　口を挟むことは許されず、ただお父様が話すのを待つ。

「この家を継ぐのはフルールに決めた。そのため、ブルーノ君はフルールの婿になってもらう」

「……え？」

どういうこと？　どうしてフルールが家を継ぐことに。呆然としているとアレバロ伯爵がうれしそうな声をあげた。

「それは素晴らしい。良かったじゃないか、ブルーノ！」

「ええ、ありがとうございます」

「いやぁ、こういっては何だが、あの時とは状況が違う。今のブルーノにフェリシー嬢では少々……釣り合わないのではないかと思っておりましてなぁ」

ちらりと私を見て言った伯爵の言葉に、かぁっと顔が熱くなる。たしかに今のブルーノは身長も高く金髪で顔立ちも整っていて……。私にはもったいないかもしれないけれど。でも、この家を継ぐのは私だったはずなのに、どうして。

「お父様……この婚約は私とブルーノではなかったのですか？」

「なんだ、不満か？」

「いえ、不満とかではなく確認です。あの時、正式に婚約したと思っていたのですが」

婚約した相手をそんなに簡単に変更できるのだろうか。婚約の書類は王宮に提出して陛下の許可を得たはず。そう思って聞いてみたら、お父様とアレバロ伯爵が鼻で笑う。

「あの時の婚約の書類は、ラポワリー侯爵家を継ぐ娘とアレバロ伯爵家の息子。そう書いてあった。お前の名前で婚約したわけじゃない。儀式前の幼い子どもが婚約する場合、よくある婚約方法だ。判明した加護によって相手を変更することもあるからな」

「儀式前の婚約で本当に良かったですなぁ。名前を書いた婚約だったら、こんなに簡単にはいきませんでした」

「俺がフルールと結婚できるなんて、なんて幸運なんだ」

興奮気味に喜んでいるブルーノの言葉を聞いて、どうしてとは言えなかった。家を継ぐのが私ではなく、フルールに変わってしまった理由は、ブルーノがフルールに恋したからだ。そして、それをフルールが受け入れた。

　フルールがそれがいいと言えば、お父様はなんでも叶えようとする。もうここで私が何を言ってもくつがえることはない。

　それなら私はどうなるの？　嫁ぎ先なんてあるわけない。お父様が探してくれるわけもない。フルールとブルーノが継ぐこの家に一生いることになる？　ううん、いさせてもらえるわけがない。きっと追い出される。

「……お父様。話は理解しました」

「わかればいい。もう部屋に戻っていいぞ」

「待ってください。一つお願いがあります」

「お願いだ？　お前が？」

　私の発言を生意気だと思ったのか、一気に機嫌が悪くなる。威嚇《いかく》するように大きな声を出されると怖くて、もういいですと言ってしまいそうになる。だけど、ここで言わなければもう二度と聞いてもらえない。

「フルールがこの家を継ぐなら、私は嫁ぐことになると思います」

「ん？　あぁ、そうか。そうなるか？」

　今さら私の行き先を決めなくてはいけないという当たり前のことに気がついたのか、お父様は顔をしかめた。どうせ持参金がもったいないとでも思っているんだろう。

持参金を払わずにすむ嫁ぎ先もなくはないが、年の離れた後妻《ごさい》だとかそういうあからさまな所へ嫁がせるのは、高位貴族の私では認められない。陛下に許可を求めた時点で咎められる。それを考えたら、私の嫁ぎ先なんてあるわけない。

「ですが、私のような者は持参金を多く支払わなければ嫁ぎ先がないと思います」

「お前のために高い金を出す気はないぞ！」

「ええ、ですから。自分で探してもいいでしょうか？　持参金がなくても求められる嫁ぎ先を」

「は？」

「学園の卒業までに嫁ぎ先を見つけられなかった場合は、この侯爵家から籍を外されてもかまいません。おとなしく家から出て行くとお約束いたします」

「持参金がなくても求められる嫁ぎ先？　そんなものお前に見つかるわけないだろう！」

持参金がなくても求められるのは、フルールのように美しかったり加護があったり、嫁として来てもらいたいと向こうから熱望される時だけだ。私のような者が熱望されるわけがない。そう思われても当然だ。

ダメだったかとあきらめかけた時、フルールが楽しそうに笑った。

「いいんじゃないの？　お父様」

「フルール。だが、見つかるわけないだろう」

「だからこそ、面白いわ。フェリシーが結婚相手を必死になって探すのでしょう？　楽しそうじゃない」

ふふふと笑うフルールの言葉に、お父様も考え直したらしい。

「そうか、フルールがそういうなら許してやろう。学園の卒業式の日、約束通り出て行くんだぞ？」

「わかりました。ありがとうございます。それでは、私は部屋に戻ります」

ぺこりと頭を下げ、応接室から出て離れに戻る。アレバロ伯爵とブルーノとは視線も合わなかった。

それでも不思議と涙は出なかった。どこかでわかっていたのかもしれない。フルールと会った時点で、もうブルーノと結婚することはないのだと。

離れに戻ってぼんやりしていると、ララが食事を運んできてくれた。一緒にベンも部屋に入ってくる。

「フェリシーお嬢様、旦那様から話を聞きました。どうしてあんな約束をしたのですか」

「心配してくれたの？　ベン」

「もちろんです。今まで領主になるためにあれだけの努力をしてきたというのに。旦那様はきっと後悔されるでしょう。今だって、領主の仕事のほとんどにフェリシーお嬢様が関わっているというのに」

「それもできなくなるわ。もう嫡子ではなくなってしまったのだもの。領主の仕事はベンに任せてしまうことになるわね。ごめんなさい」

「フェリシーお嬢様のせいではございません」

ベンはそう言ってくれるけれど、私が手伝わなければベンが一人で領主の仕事をすることになる。お父様はベンに任せっきりで、領地にいる領主代理とのやり取りさえ行わない。ベンの負担が増えてしまうことに気がついて、思わずため息をついた。

「フルールとブルーノが継いで、大丈夫なのかしら」

「フルールお嬢様は領主の仕事には関わらないでしょう。そして、ブルーノ様はもう領主になる勉強をしていないようです。今から取り戻そうとしても無理だと思います」

「そう。やっぱり勉強するのはやめてしまったのね」

毎週フルールとお茶しているだけで勉強していないと聞いた時から、もしかしたらそうじゃないかと思っていた。

アレバロ伯爵家で家令について勉強をしていたとしても、侯爵家の経営の規模は伯爵家とは比べ物にならない。私と一緒にベンについて学ばなくてはいけない時期だったのに、ブルーノはフルールとお茶会をするだけ。ラポワリー侯爵家はいったいどうなってしまうんだろう。

「フェリシーお嬢様はどうするおつもりなのですか？」

「嫁ぎ先を探す気はないわ。そう言えばお父様たちに気がつかれないと思って。王宮女官の試験を受けようと思うの」

「王宮女官ですか？　たしかにフェリシーお嬢様なら合格するかもしれませんが」

「難しいのは承知よ。でも、嫁ぎ先なんてあるわけないし、平民として生きるのも難しい。家を出て生きていくにはそれしかないと思うの。だけど、正直に話せば邪魔されてしまいそうでしょう？」

　普通なら王宮女官の試験に合格するなんて喜ばしいことだと思う。でも、この家で私が出世することを望んでいる者なんていない。目指していると知られてしまったら、どれだけ邪魔されることになるか。

「たしかにその恐れはあります」

「だから、ベンにお願いしたいの。王宮女官の試験勉強に必要な本を集めてもらえる？　そして、部屋に置いてある領地の資料とかは執務室へと戻しておいてほしいの」

「かしこまりました。急いで手配いたします」

「うん、ありがとう。というわけで、ララ。これからもよろしくね？」

「え？」

「本邸の侍女たちに知られるわけにはいかないのよ。だから、これからも私の世話はララにお願いするわね」

「はい！　任せてください！」

「ありがとう」

　ララの元気の良さにつられて、少しだけ前向きになれた気がする。ベンとこれからのことを相談できたのもあるかもしれない。

　もうラポワリー侯爵家とはお別れだ。領主にならないし、家族にもブルーノにも捨てられた。ここにいられる時間はあと四年とちょっと。絶対に王宮女官の試験に受からなくてはいけない。

次の日には私の部屋にある不要なものは運び出され、三日後には鍵付きの本棚と王宮女官の試験に必要なものがそろえられていた。

今までの勉強とは違うために読み進めるのに時間はかかるが、根気よく勉強するしかない。

十四歳の誕生日は、もう晩餐にも呼ばれなかった。少しだけ豪華な食事が届けられ、食べたらすぐに勉強を始める。

家族と会えないことなんて、もうどうでもいいと思えた。

第三章 ✦ 全てが私の思い通り（フルール視点）

生まれた時から、同じ顔が隣にいた。それがなんとなく嫌だと思っていたけれど、はっきり拒絶するようになったのは三歳を過ぎた頃だったと思う。

お父様もお母様も使用人も、私の顔を見て美しいと褒めてくれる。だけど、その褒め方が嫌いだった。

「こんなにも美人な娘が二人も生まれるなんて」

「あなたたちは本当に美しいわ。どちらが王太子妃に選ばれてもおかしくないわ」

「お嬢様たちはなんてお綺麗なのでしょう」

私が綺麗だと褒めてくれるのはいいけれど、同じようにフェリシーのことも褒めるのは許せなかった。

姉のフェリシーはサラサラとした銀色の髪にはっきりとした紫色の目。金色の髪と青い目の私とは色が違うけれど、顔立ちは鏡を見ているようだ。それに、フェリシーの周りはうっすら光っているように見えた。私にはない光。それが欲しくて手を伸ばした。

毎日その光を自分の物にしたいと願っていたら、少しずつフェリシーの光は弱まっていったように見えた。そして、私の周りに光が見えるようになった。光が何かはわからないけれど、フェリシーから奪えるのだと知った。これがあれば私だけが美しくなれる気がした。

それを証明するように、フェリシーの髪は銀色から灰色に近くなり、目はぼんやりとした紫色へと変わっていった。はっきりと二人の美しさに違いが出るようになると、お父様とお母様は私だけを可愛がるようになっていった。

何でも欲しいものは買ってもらえる。だけど、他家からの贈り物は私とフェリシーに同じものが届く。フェリシーと同じ服を着るのが嫌で、フェリシーの部屋へと投げ込んでおいた。それを見たお母様はフェリシーが私の服を盗んだと誤解したようで、フェリシーを怒鳴りつけていた。

何か反論すればいいのに、フェリシーは愚かにもごめんなさいと謝っていた。馬鹿なフェリシーと笑いながらも、いいことを思いついた。

それからはいらなくなったものはフェリシーに押しつけ、お母様にはフェリシーに奪われたと泣きつくことにした。

「お母様ぁ、私の大事なものをフェリシーが持って行っちゃうの」

「またなの⁉　わかったわ。お母様が取り返してくるから！」

「ううん、怒らなくていい。フェリシーが怒ると私を叩いてくるの。お母様がいない時に……だから、あまり怒らないで」

「フェリシーがあなたを叩くの？」

「うん、でもお母様に言ったらもっとひどいことするって言うから。お願い、フェリシーには言わないで」

「……わかりました。お母様がなんとかするわ」

私の言うことを信じたお母様は、フェリシーの部屋を離れに移した。そして、お母様の許可なく本邸には来ないようにと言った。

フェリシーはどうして自分が離れに行かなくてはならないのかわからず、悲しそうな顔をしていたけれど、私はようやくすっきりした気持ちになった。

お父様にフェリシーを嫌いにさせるのはもっと簡単だった。私にはいつも厳しいことを言うベンがフェリシーにだけは優しかったし、フェリシーもベンになついているようだったから、お父様にこう言ってあげた。

「フェリシーは怒りっぽいお父様が嫌いなんですって。ベンがお父様だったらいいのにって言ってたわ」

「なんだと！　本当にそんなことを言っていたのか」

「ええ。フェリシーは変わっているわよね。お父様はこんなにも優しいのに」

「おお、フルールはなんていい子なんだ。フェリシーこそ、どうしてあんな醜い者が私の娘になったんだ。フルールだけでよかったというのに」

「それにね、ベンはフェリシーには優しいのに、私には冷たいの」

「フルールに冷たいだと？　よし、お父様にまかせておけ」

私の言葉を信じたお父様はフェリシーだけでなく、ベンも私から遠ざけてくれた。ベンはいつも私とフェリシーを同じように扱うべきだってお父様に言ってたから嫌いだったのよね。使用人棟に執務室を移されたベンは用事がない限り本邸には来ないようにと命じられていた。

お父様からフェリシーを離すためだったけれど、うるさい人もいなくなって本当に良かった。

これで美しいのも、可愛がられるのも、使用人に大事にされるのも私だけ。

お父様とお母様と三人で食事をとり、外出し、好きなものを買ってもらう。フェリシーの顔を見ないで済む毎日はとても快適だった。それでもたまにフェリシーから光を奪うために、お父様にお願いしてフェリシーを呼びだすこともある。四人で食事をしていても、無視されているフェリシーが悔しそうな顔をするのが面白くて、それはそれで楽しかった。

私にだけ甘いお父様とお母様。侯爵家は居心地が良かったけれど、ずっと家にいるつもりはなかった。私は高貴な方に嫁ぐんだって言われて育ったし、嫁いだ後の侯爵家はもうどうでもいいから、フェリシーが継げばいいと思っていた。領主になるんだって勉強ばかりしているフェリシーに同情したというよりは、そんな面倒なことを私はしたくなかったからフェリシーに押しつければいいやと思っていた。

神託の儀式が終われば、私の素晴らしさは王家にも伝わるはずだと、その日が来るのを待ち望んでいた。

フェリシーから光を奪ったように、私には他人から美しさを奪うことができると知っていた。

きっとこれは神の加護に違いない。

十二歳になってようやく迎えた神託の儀式の日、やはり私には神の加護があった。しかも女神の加護！　美しさを司る女神の加護だと知って、あの力は女神が与えてくれたものなのだとわかった。

喜んで帰った次の日、お父様が王宮に呼び出された。もしかして、王太子の婚約者に選ばれたんじゃないかってお母様とわくわくしてお父様が帰ってくるのを待った。

戻ってきたお父様の顔色は悪く、私の顔を見ておびえたように言った。

「フルールの加護は、女神の加護ではなく邪神《じゃしん》の加護なんだと言われてきた」

「邪神？　邪神って何？」

「神の中でも、人に悪いことをする神のことだ」

私の力は女神じゃなく、邪神の加護？　悪いことをする神って何の話？　顔色の悪いお父様から詳しく聞き出すと、要は人の迷惑になる力だから使わないようにということらしい。

この力を使わないなんて、ありえないわ。私の女神の加護に嫉妬しているんじゃないの？

でも、ちょっとだけ心当たりがあった。フェリシーから光を奪うと自分の力が増していくのを感じた。そして、試しに侍女たちから力を奪えないかと思ってやってみたら、フェリシーのようには奪えないけれど、少しだけ奪うことができた。

もしかして、人から奪うなって言いたいのかもしれない。だけど、奪わなくても自分の力があるのも知ってる。それなら、奪ったって言わなければわからないんじゃないかしら。

「お父様、大丈夫よ。この力は悪いものなんかじゃないわ。私はちゃんと人のために使うんだから」

「本当か？」

「ええ、見て。お母様に使ってみるわよ」

「え？　私に？」

嫌そうな顔をしていたけれど、有無を言わさずお母様へと力を使う。綺麗になりますように。

そう思っていると、私の身体からきらきらした光があふれだすのが見える。最初は嫌そうだったお母様もその光に見惚れているのがわかった。

「ほら、綺麗になったでしょう？」

「これは、すごいな。綺麗になっている」

「あら、本当だわ！」

お父様に言われ、お母様は鏡を見て確認した。肌と髪の艶《つや》が良くなって、何歳も若返ったように見える。

「なんだ。危なくなんかないじゃないか。王家はフルールの力を独占するつもりだったんだな」

「ええ？　そうなの？」

「フルールの力を使わせないようにするなんて、それしか思いつかないだろう」

「そうなのね。でも、私はこれからもみんなを綺麗にしてあげたいの。いいでしょう？　お父様」

「ああ、いいぞ」

まだ鏡の前でうっとりしているお母様を見て、お父様はあっさり許可を出してくれた。

この加護が邪神の力でも、王家に咎められてもかまわない。私が綺麗になるためには必要なんだもの。どうせ奪うのはフェリシーや侍女からなのだし問題ないわ。

それから半年後、王太子の婚約者候補に選ばれるのを待っていたら、王太子の婚約者は他の侯爵令嬢に決まったと発表された。あまりにも突然のことだった。

「どうして？　どうして私じゃないの？」

「なぜあんな貧乏侯爵家の令嬢が選ばれたのかわからん。いったいどういうことなんだ。……いや、おそらくフルールと会う機会がなかったからだろう。一度でも王太子に会う機会があれば違っただろうに、どうして今回は婚約者候補を選ばなかったんだ」

そうよね、本来なら婚約者候補を数名選んで、その中から婚約者を選ぶって話だったのに。突然婚約者を決めるだなんておかしいわ。

「お父様、どうにかして王太子に会うことはできないの？」

「無理だな。王太子はめったに人前に出てこない。優秀なのは間違いないそうだが」

「……そんなぁ。嫌よ、あきらめるなんて」

「まだ婚約だ。結婚したわけではない。それに王太子には側妃ということもある。フルールが夜会に出るようになれば、王太子の考えも変わるだろう」

「夜会に出れば……わかったわ」

まだ王太子に会っていないのだからと言われれば仕方ない。そうよね、見たことがなければ、私の美しさだってわかるわけがない。私が学園に入学して、この美しさが評判になって、夜会で会うことができれば。王太子妃にふさわしいのは私だって気がついてくれるはず。

でも、それまで何をしていたらいいの？　王太子の婚約者候補に選ばれるに違いないって言われていたのに、恥ずかしくてお茶会にも行きたくない。イライラするけれど、この怒りを侍女にぶつけてしまえばさすがにお父様に叱られるかもしれない。フェリシーにぶつければいいけれど、離れに行ってしまったから、物を奪われたというのもできなくなった。何をしたらフェリシーは悔しがって泣くのかしら。一人だけフェリシーについている侍女を奪う？　それとも、仲良くしているという噂の婚約者を奪う？

いいえ、どちらか選ぶ必要はないわ。両方を私のものにしてしまえばいい。

侍女と婚約者を奪った後、ひとりぼっちになったフェリシーはますますみすぼらしくなった。たまに会うと悔しそうな、悲しそうな目で私たちを見てくる。それが楽しくて、ついついフェリシーの婚約者だったブルーノにかまってしまう。ちょっとだけ顔が良くても伯爵家の三男なんてどうでもいい。邪魔になったら、すぐに捨ててしまうつもりだった。

フェリシーから奪ったミレーは、予想外に役に立ってくれた。侯爵家に嫁ぐ予定だったミレーは社交界に詳しく、誰に女神の力を使えば味方になってくれるか知っていた。ミレーが選んだ夫人のお茶会に出席して力を使えば、夫人たちは目の色を変えて私のご機嫌を取ろうとする。

「フルール様、この調子で味方を増やしていければ大丈夫です。いずれ評判は王太子様に届きますわ」

「そうね。婚約者に選ばれた令嬢よりも価値があると、王家に認めさせればいいのよ。私以外を

婚約者にするなんて、間違っているのだから」

「ええ、そのとおりです」

フェリシーをからかって遊ぶ暇もないほどお茶会に呼ばれ、加護の力で夫人や令嬢を綺麗にする。少しずつ私を応援する者たちが増えていって、学園に入学する頃には王太子の婚約者としてふさわしいのは私だと評判が広まっていた。

第四章 ✦ 思いがけない出会い

王宮試験用の勉強は思ったよりも進まなかった。

貴族の名前や血縁関係は覚えることが多くて大変だが、何度も読んでいれば覚えられる。問題は王宮内での作法など実践的なものだった。

礼儀作法の教師から習えばいいのだが、跡継ぎから外された時に家庭教師も辞めさせられてしまった。最低限の礼儀作法は習っているが、王宮で通用するほど優雅な所作ではない。教師から指導を受けたくても、新しく家庭教師を雇うことなんて出来ない。学園に入ったら教師に相談するしかないとあきらめ、ただひたすらに知識だけを詰め込む。今できることをやるしかない、そう思って勉強を続けていた。

五か月が過ぎた頃、ベンが一人の高齢女性を連れてきた。白髪になっているが元は金髪だろうか。小柄ではあるが背筋が伸びていて、立ち姿がとても綺麗だ。下級使用人の制服を着ていても平民には見えない気品がある。女性は見惚れるほど美しい礼をした後、柔らかな緑色の目を細めるようにしてにっこり笑った。

「ベン、この方はどなた？　どちらの夫人かしら」

「ふふ。やはりフェリシーお嬢様はおわかりになりましたか。こちらはリリー夫人です。昔、王宮女官だったそうです。フェリシーお嬢様の勉強に必要ではないかと思いまして」

「リリーと申します、フェリシー様。このような老婆ではありますが、王宮作法には詳しいので、お役に立てることもあるかと思います」

元王宮女官！　それは願ってもないことだけれど、大丈夫なのだろうか。

「リリー夫人、教えていただけるのはありがたいのですが、あなたのような方を雇うのは難しいと思います。ベン、お父様から教師を雇うお金は出ていないはずよね？」

「リリー夫人は下級使用人として雇われてくれるそうです」

「え？」

リリー夫人を下級使用人として⁉　そんなのはありえない。怒り出して当然の話なのにリリー夫人は微笑みを崩さなかった。

「もうこんな年ですし、大した仕事はできません。それに、事情は聞いております。少しでも若い人のお役に立てればと思いましたのよ。お節介《せっかい》だったかしら？」

「いえ、本当に指導していただけるのならとても助かります。でも、よろしいのでしょうか？」

そんなことが許されるのだろうかと不安になったが、リリー夫人は私の手をとって、きゅっと握りしめた。温かくて柔らかい、優しい手のひらに両手を包まれる。

「誰かの手を借りることは恥ずかしいことではありません。それがありがたいと思うのであれば、いつか同じように困っている人に手を差し伸べてあげればいいのです。私の手が必要ならば、必要だと言って？」

「……ありがとうございます。リリー先生、これからよろしくお願いいたします」

「ええ、頑張りましょうね。絶対に試験までに間に合わせてみせますわ」

「はい！」

　こうして私の先生になってくれたリリー先生のおかげで、私の所作はみるみるうちに変わっていった。今まで自分のことだけで精一杯で、周りからどう見られているかを意識したのは初めてだった。

「ええ、素晴らしいわ。この調子で指先まで意識していきましょうね」

「はい、ありがとうございます」

「来月からは学園の休みの日に集中して指導することにしましょう」

「わかりました。よろしくお願いいたします」

　あと少しで十五歳になって、学園に入学する。お父様たちからは何も言われていないが、入学手続きはベンがしてくれた。制服などの手配はリリー先生が手伝ってくれたので不備はないと思う。

　残る問題はどうやって通うかだった。学園には馬車で通うことになるが、そうなればフルールと毎日顔を会わせなくてはいけなくなる。さすがに二台も馬車を出すことは許可してくれないだろう。もしかしたら、ブルーノも一緒に通うことになるのだろうか。二人と一緒の馬車に乗って学園に行き来するのを考えたら気が重くなる。

　そう思っていたら、フルールはブルーノが送り迎えするので別の馬車で通うと、ミランという本邸の侍女が伝えに来た。新しく雇った侍女なのか、申し訳なさそうに告げて去っていく。フルールの侍女なのに私に同情する侍女がいるとはめずらしい。

それにしても助かった。毎日あの二人と一緒に馬車に乗らなくてはいけないというのは、思っていた以上に嫌なことだったらしい。暗く重い気分だったのが、一気に晴れたようにすっきりした。

学園内では顔を会わせることもあるだろうし、無視することも難しい。それでも馬車を一人で使えるなら耐えられる気がした。


学園に入学する日、えんじ色のワンピースの制服に着替える。まだ時間よりも早いが準備を終えて一人で馬車に乗る。学園までは十五分ほどで着いた。門の中に入ると、蔦がからまった古い建物がいくつもあり、事務員が入学生のために講堂の場所を案内している。

講堂に入る手前で、教室名簿が配られていた。一枚もらって確認すると、私の教室はA教室。幸いにもフルールはC教室。ブルーノはB教室だった。教室が三つしかないのに見事に違うと思ったら、私の次に名簿をもらった令息たちが騒いでいる。

「うわ！　俺、Bだった。やばい！　親に怒られるかもしれん」

「俺はAだった。怒られるだけだったらマシだろう。うちはAじゃなきゃ家から追い出すって言われてたからな。ほっとしたよ。お前も早くAに上がって来いよな」

「あぁ、少し遊びすぎたな。反省するよ」

その会話が気になってしまい、くるりと振り返って話しかける。

「あの、この教室はどうやって決まったのかわかりますか？」

背の高い令息が二人、突然話しかけた私に目を見開いたが、面白そうに笑った。

「成績順ですよ。といっても、試験はなかったでしょう。どの家も家庭教師をつけていますよね？　家庭教師からの報告書を読んで、学園が判断するんです」

「え？　家庭教師の報告ですか？」

「ええ、そうです」

家庭教師なんて十三歳の時に辞めさせられているはずなのに。それ以降は一人で勉強していた私がなぜA教室に？　もしかして、リリー先生が報告書を書いてくれたのだろうか。でも、礼儀作法の指導をしてもらっていたけれど、勉強の指導はされていない。どういうことなのかわからなかったけれど、とりあえず令息たちにお礼を言う。

「教えていただいてありがとうございました」

「いいえ」

令息たちは私が知らないことが不思議だったようだが、その後、私がA教室の席に座るともっと驚いた顔をしていた。そんなに驚くことかと思ったけれど、入学式が始まる頃にその理由がわかった。A教室の席には十二人が座っていたが、令嬢は私を含めて二人しかいなかった。

もう一人の令嬢は少し離れた席に座っていて、話しかけられそうにない。しかも機嫌が悪いのか、私と視線があってもふいっとそらされてしまった。

栗色の髪を綺麗に巻いた、はっきりとした二重で緑目の気品がある令嬢。名簿を見たら、ローゼリア・ジョフレと書かれている。ジョフレ家は公爵家だ。今の王妃様の生家ということで、王子の従姉妹にあたる。たった二人しか令嬢がいないのに公爵令嬢とは。あの様子では仲良くしてもらうのは難しいかもしれない。

入学生代表が呼ばれて壇上にあがる。黒髪の背の高い令息だった。少し長い前髪の下には黒縁の眼鏡。光の反射のせいか、眼鏡の下は見えない。近くの令息が小声で話しているのが聞こえる。

「やっぱり代表はハルト王子だったな」

「そりゃそうだろ。神童だって有名だったしな」

「あれって、勉強嫌いのエミール王子と比べてってことじゃなかったんだな」

「俺もそう思った。エミール王子はC教室だってよ。いくら勉強嫌いでも王族がC教室だなんてありえないだろう」

どうやら入学生代表は第三王子のハルト王子殿下らしい。

王妃様の第二子で、王太子であるアルバン様の弟。側妃様から生まれた第二王子エミール様はフルールと同じ教室らしい。勉強嫌いだなんて、フルールと似ているのかもしれない。

ぼんやりしている間にハルト王子の挨拶は終わった。視線は合わなかったが、一瞬だけ見えた眼鏡の下は黒目だったと思う。王妃様が黒髪黒目だそうだから、王妃様に似たのだろう。

教室に向かう途中、フルールとブルーノが一緒にいるのが遠くに見えた。手を取り合って、何かを話しているようだった。教室が離れてしまったことを悲しんでいるのかもしれない。

馬車だけでなく学園でも関わることがなさそうで、心から安心する。残り三年間。できるかぎりあの二人とは関わらずに生活したい。

Ａ教室に入ると席順が決められていて、身分の順に座ることになっていた。一番前の中央がハルト王子。その左隣にローゼリア様。そして侯爵家の私がハルト王子の右隣となっている。

王宮女官になるためにも、ハルト王子に嫌われるわけにはいかない。こちらからは関わらずにいようと思ったが、ハルト王子は誰とも関わろうとしなかった。ローゼリア様が何度も話しかけていたが、ハルト王子は冷たくあしらっていた。

ローゼリア様は王太子様の婚約者候補になると思われていたそうだが、王太子様が選んだのは侯爵家のシャルロット様だった。王太子様の婚約者に選ばれなかったローゼリア様は、ハルト王子かエミール王子の婚約者になるのではという噂も聞いたが、教室での対応を見る限りハルト王子とはなさそうだと思った。


学園が始まってしばらくして、私は困ったことになっていた。それは、同じ教室にいるローゼリア様の行動が原因だった。二人しか令嬢はいないのだから、話しかけて仲良くすべきなのだと思う。だけど、ローゼリア様は私たち他の者が見えていないように、ハルト王子にだけ話しかける。

「ねぇ、とても素晴らしいお茶が手に入ったのだけど」

「そう」

「ハルトもお茶会に呼んであげてもいいのよ？」

「呼ばなくていい」

今日も冷たくされるのがわかっているだろうに、ローゼリア様はハルト王子に話しかけている。誘って断られなかったことなど一度もないのに、よく続くと感心してしまう。従兄弟で幼馴染だそうだから、私にはわからない絆があるのかもしれないけれど。教室にいる間、ずっとこんな感じでいられると聞いているほうがハラハラしてしまう。

そして私にとっての最大の問題は休み時間だった。

ローゼリア様に話しかけられるのが嫌なのか、ハルト王子は休み時間になるとすぐに教室から出て行く。ローゼリア様もそれを追いかけるように教室から出て行ってしまう。そうするとこの教室には九人の令息と私が残されることになる。特に何かされるわけでもじろじろ見られるわけでもないけれど、令息たちの中に令嬢が一人というのはとても気まずい。

どこか私が逃げられる場所はないかと思っても、食堂やカフェテリアに行けばフルールやブルーノに会うかもしれない。必然的に逃げる場所は図書室だけになってしまう。図書室なら勉強嫌いなフルールは来ないだろうし、フルールが嫌う場所にはブルーノも来ないはずだ。

その図書室も入り口から入ってすぐは人が多いし、ここは談話室かと思ってしまうほどおしゃべりしている人もいる。フルールを知っている令嬢たちのそばに座ろうものなら、すぐに陰口が聞こえてくる。

「ほら、あれ。フルール様の！」

「え？　あの灰色の髪？　あんなのが本当に姉？　全然似てないのね」

「だから嫉妬して意地悪するんでしょう。フルール様もお可哀そうに」

フルールかブルーノが私の悪口を広めているようで、どこに行ってもこんな風に言われる。

家庭教師を辞めさせたとか侍女を使って意地悪するだとか。私がそんなことできるわけないのは、ブルーノが一番よくわかっているはずなのに。悔しいけれど言い返しても仕方ないから、そっとその場を離れる。

図書室の中でも人がいない場所を探して、奥の方へ行くと書庫があった。扉を開けて中に入ると古い資料と共に王宮文官と女官の試験問題も置いてある。見てみると去年までの試験問題が積み上げてあった。書庫の入り口には立ち入り禁止の文字はなかったから、これも読んでいいらしい。ここなら誰も入ってこないだろうと思い、女官の試験問題を手に取る。

その次の日からは教室で昼食をとり、残りの時間は図書室の書庫で過ごすことにした。書庫の中は静かで、過去の試験問題は思った以上にたくさんあった。ようやく落ち着いて勉強できる場所が見つかったと思い、放課後もぎりぎりの時間まで書庫の中で勉強する。


そうして一か月半が過ぎた頃だった。

いつものように書庫に入ると、奥の壁に備え付けられた大きな鏡がズレている。近づいてみると隙間があることに気がつく。その隙間に手をかけてみると、すーっと鏡が横に動き出した。

「え？」

鏡の裏にはもう一つ部屋が隠されていた。応接室のような高価な絨毯《じゅうたん》の上に、古めかしいが価値がありそうな家具が置かれている。

「どうしてこんなところに隠し部屋が？」

部屋の中に一歩踏み入ると、カタンと物音がした。歩いた振動で本が倒れただけなのに驚いて、とっさに閉めてしまった。

ここにいるのはまずい気がして戻ろうと振り返ったら、なぜか透けて見えている。どういう仕組みなのか鏡が透明になっているようだ。鏡の向こう側にさっきまでいた書庫が見えている。書庫からは鏡になっていて、隠し部屋は見えなかったはず。

ここは誰かを監視するための部屋なのだろうか。だが、問題はそれじゃないことに気がつく。

「え？　閉じ込められた？　どうしよう」

この隠し部屋は入ってはいけない場所なのだろうと、急いで書庫に戻ろうとしたのに、鏡は少しも動かない。軽く叩いたり、押したりしても無理だった。

どうしたらいいのかと困っていたら、誰かが書庫に入ってくるのが見えた。顔にかかるような黒髪、ハルト王子だ。どうして書庫にと思ったら、その後ろからローゼリア様も入ってくる。

「こんなとこまで追いかけてきたのか。いいかげんにしろよ、しつこいぞ」

「ハルトが話を聞かないから追いかけるんじゃない」

「あきらめればいいだろうに……はぁ」

しつこく追いかけられたのか、ハルト王子がため息をついている。あれだけ毎日追いかけられていたら嫌になるのもわかる。

　二人に助けを求めていいのか迷っていると、ハルト王子がこちらを見た気がした。え？　あちらからは鏡になっているはずだから、私は見えないよね？　それでもどうしてなのか視線が合ったような気がした。

「私と婚約してくれたら、しつこく話しかけるのはやめるわよ」

「断る」

「どうしてよ。どうせ相手もいないんだから、私でいいじゃない」

「王子妃になりたいなら、エミールのところへ行けばいいだろう」

「無理よ。お父様が側妃を嫌っているの知っているでしょう」

「だからって、俺を巻き込むな。兄上に断られた時点であきらめろよ」

　そういえば、王太子様の婚約者になるって言われていたんだった。成績もいいし、容姿も悪くない。血筋はこれ以上の令嬢はいない。どうして王太子様はローゼリア様を選ばなかったのかな。

「もういいわよ。無理やりでも婚約してもらうから」

「おい、やめておけよ」

「後悔しても遅いのよ」

　何をするのかと思ったら、ローゼリア様が制服を脱ぎ出した。こんな場所でいったい何をしようとしているのか。ワンピースを床に落とすように脱ぐと、下着姿になる。

　さすがに見ていられなくて叫び出してしまいそうになり、両手で口をふさぐ。ここで叫んではダメ。騒ぎになったらローゼリア様が困ることになる。そう思ったのは私だけだった。

「近くに令嬢が三人座っていたわ。叫んだら、何かと思って見に来るでしょうね。そうしたらハルトに襲われそうになったって言うわ。きっと責任を取ることになるでしょうね、お父様は許さないもの」

「はぁ……本当にお前は最悪な性格だよな」

「あら、最高の褒め言葉だわ。それで、あきらめた？　婚約するって約束するなら穏便にすませるわよ？」

「それさ、この部屋に俺とお前だけだったら、の話だろう？」

「は？」

え？　もしかして、と思っていると、ハルト王子は私の方を向いた。さっきの視線が合ったように感じたのは、まさか本当に？

「そこにいる奴、声は出さなくていい。聞こえていたなら、三度ノックしてくれ」

聞こえていたなら三度ノック？　見つかってしまった以上、隠れている必要はない。それに、さすがにローゼリア様のやりかたは見逃せなかった。

コン。コン。コン。

「え？　本当にいるの？　誰がいるのよ！」

「俺たちの監視じゃないか？　王宮の」

「うそっ」

「お前の素行が悪いって報告したからな。騎士か文官がどこかから見てるんだろう」

「見てる……？」

　ローゼリア様は自分が下着姿なのに気がついたのか、慌てて制服を着ようとする。が、普段自分で着ないからだろうか、もたついている。その間、ハルト王子は警戒するように、離れた場所に立っていた。制服を着たローゼリア様は、何も言わずにらみつけるようにしてから書庫を出て行った。

　今のは何だったのかと思っていると、鏡が動いてハルト王子が隠し部屋に入ってくる。やはり私がいると気がついていたのか、驚いている様子は見えない。

「巻き込んでしまって悪かったな。だが、助かったよ」

「いえ、お役に立てたのなら良かったです。すみません、入り込んでしまって……」

　いつもローゼリア様に冷たいハルト王子しか見ていなかったから、優しい言葉をかけられて力が抜けそうになる。この部屋に入り込んでしまったことを謝ると、逆に謝られた。

「いや、入れたってことは、扉が開いていたんだろう？　俺がちゃんと閉めていなかったんだと思う。閉じ込めてしまって悪かったよ」

「閉めていなかった？」

「ああ。ここは俺専用の部屋なんだ。仕事部屋なんだが、逃げ場ともいうな」

「逃げ場……もしかして、ローゼリア様からですか？」

「そう。毎日毎日飽きもせず、しつこくて。でも、さっきのを報告すればさすがにローゼリアも叱られるだろう。悪いけど、何かあったら証言してもらっていいか？　フェリシーには迷惑はかけないようにするから」

「わかりました」

私の名前を知っているとは思っていなくて、少しだけ驚いた。毎日隣に座っているのだし、考えてみれば当然のことなのだけれど、それだけハルト王子は他人に興味がなさそうだったから。

「お詫びに、この部屋を使ってかまわないよ」

「え？」

「お詫びというか、口止め料でもあるか。この部屋を使っていい代わりに、内緒にしてくれないか？」

「私もローゼリア様みたいにならないとは限りませんけれど、信用してしまっていいのですか？」

ハルト王子専用の部屋なのに私も使っていいなんて。それを利用して近づこうとしているとか警戒しなくていいのだろうか。

「フェリシーがローゼリアみたいに俺に迫るって？　ないな。席が隣なのに一度も話しかけてこないし、俺にも男にも興味ないだろう」

「う……それはそうですけれど」

「あれだけ書庫で集中して勉強していたのを見てたら、疑うような気にはならないよ」

勉強していたのを見られていたと思ったら、なんだか恥ずかしくて顔が熱くなる。それに気がついたのか、ハルト王子が慌てたように訂正した。ずっと見ていたわけじゃない、と。

そうだよね、私を監視するためにこの部屋にいたわけじゃないのに、勝手に恥ずかしがって……ばかみたい。

「というわけで、お詫びでもあるし証言してもらうお礼でもある。この部屋で勉強してかまわないよ。書庫は誰か来ることもあるし、この部屋のほうが勉強しやすいと思うぞ。俺も仕事をしているから、一緒の部屋にいることになるが気にしないでくれ」

「本当によろしいのですか？」

「フェリシーが真面目なのは教室で隣にいてよくわかっている。書庫でもずっと試験問題から目を離さなかったようだし。この部屋は広いからな。自由に使ってくれ」

「ありがとうございます」

確かにこの部屋は広い。奥にも部屋が続いているように見える。大き目の物書き用の机が置いてある上に、閲覧用のテーブルも二つある。物書き用の机は、おそらくハルト王子の仕事用なのだろう。閲覧用のテーブルは少し離れているし、ここを使えば邪魔にならないかもしれない。

「この扉は登録した者しか開けられないようになっている。登録しておくから、こちらにきて」

「はい」

何か奥から出してきたと思ったら、小さな石がついたネックレスだった。赤い宝石。光を反射するような感じではなく、何かぎゅっとつまったような赤い宝石。私の手のひらにネックレスを乗せると、上からハルト王子が手のひらをかざして何かしていたが、私にはわからなかった。

「もういいよ。これをつけていれば大丈夫。そのまま扉に手をふれてみて」

「はい」

言われるままに首にかけて扉に手をふれる。さっきまで少しも動かなかった扉が簡単に横に動いた。

「この扉を動かす時は人に見られないようにして。向こう側が見えるようになっているのは、人がいないか確認するためだ。面倒だとは思うが、隠し部屋が知られると困る」

「わかりました。気をつけます」

「あと、俺が言うことじゃないけど、閉める時はちゃんと閉まったか確認して」

「あ、はい」

そういえば、ハルト王子がちゃんと閉めなかったから私が入れたんだった。気をつけておかなくちゃとネックレスを握りしめたら、ハルト王子に笑われる。

「フェリシーなら大丈夫だろうが」

「え？」

「俺は今日は帰るけれど、ここを好きに使ってくれ。仕事する予定だったんだが、ローゼリアの件を報告しなくてはいけない……」

「……それは、お疲れ様です」

「あぁ、ありがとう。それじゃ」

ローゼリア様のことをうんざりしたように話すから、思わずお疲れ様と言ってしまった。

あれはさすがにローゼリア様を擁護《ようご》できない。ずっとあの調子で振り回されてきたのであれば、冷たく対応するのもわからないでもない。

　ハルト王子は軽く手をふると部屋から出て行った。

　この部屋は書庫よりも快適で、資料が必要ならすぐ隣に書庫がある。人が入ってくる心配がないから、試験問題を広げて勉強することもできる。あまり人が入って来ない書庫とはいえ、やはり警戒していたんだと思う。

　もし万が一、フルールの知り合いに見つかってしまったら何を言われるか。この部屋に入る時だけ気をつけていれば、あとはのびのびと勉強できる。ハルト王子も邪魔されずに仕事をするためにこの部屋に来るのかもしれない。そう思いながら、学園の門が閉まる時間近くまで勉強に集中していた。


　次の日、私が隠し部屋に行くと、もうすでにハルト王子は部屋にいた。

　この部屋で食事をとっていたらしい。ソファにゆったりと座り、くつろいでいる。まだテーブルの上には食べられた後の食器が残っていたが、それを片づけようとすると止められる。

「自分でできるからそういうことはしなくていい」

「そうですか。では、お茶をお淹《い》れしましょうか？」

「お茶を淹れられるのか？　令嬢なのに？」

　さすがにハルト王子は自分でお茶を淹れることはしないらしい。驚いているが、お茶を飲みたかったのか目が輝いている。

「問題ないのであれば淹れますね。この辺の茶器などは使ってもかまいませんか？」

「好きに使ってくれていい。茶器などは準備してあるはずだが、俺が侍女を入れなかったから使ってないんだ」

「侍女を雇う予定だったんですか？」

「あぁ。だが、なかなか信用できる侍女っていなくてな……。いつローゼリア側についてしまうか心配しながらだとお茶も楽しめない」

「そういうことですか。でも、私が淹れるお茶は心配しなくていいんですか？」

ローゼリア様側についてしまう心配……私にはしなくていいんだろうか。そう思って真面目に聞いたのに、面白そうに笑われてしまった。

「そんな心配するくらいなら、鍵を渡したりしないよ。いつローゼリアを連れて来られるかわからないのに」

「それもそうですね……？」

「フェリシーの分も用意してくれ。せっかくだから一緒にお茶を飲みたい」

「わかりました」

言われてみれば、このネックレスがあればローゼリア様を連れてくることもできる。いや、そんなことする気はないけれど。信用されている理由がよくわからない。ハルト王子と自分の分のお茶を淹れて、ハルト王子の前にお茶を置く。

私は離れた場所にあるテーブルに行こうと思ったが、ハルト王子に座りなよと向かい側のソファを指さされた。機嫌がよさそうなハルト王子のお言葉に甘えて向かい側に座り、私もお茶を飲むことにした。

「この部屋で困ったことはない？」

「困ったことですか？　ないですね。昨日は勉強がはかどって快適でした。使わせていただけて助かります」

「それは良かった。昨日は勉強の邪魔をしてしまったからな」

ここで昨日から引っかかっていたのが何かわかった。ハルト王子は私が試験問題から目を離さなかったと言っていた。王宮女官の試験問題を解いていたのに気がつかれている。

「あの……殿下にお願いがあります」

「ん？　俺にお願い？」

「私が書庫で勉強していたのを見て、王宮女官の試験問題を解いていたのに気がつかれたと思いますが、誰にも言わないでもらえませんか？」

「あぁ、そのことか。いいよ」

「え？」

あまりにもあっさりと受け入れられて驚く。

「侯爵家の長女であるフェリシーが、王宮女官の試験問題を必死に解いているのを見た時点で、何かあるんだろうとは思っていたよ。それに、叔父上からもフェリシーのことを頼まれているんだ」

「叔父上？」

「ヨハン王弟だ。教会で会ったのを覚えているか？」

ヨハン様！　私に養女にならないかと言ってくれた王弟殿下。両親が間違っていると思っていたら、自分のところに来るようにとも言ってくれていた。あの優しい穏やかな目を忘れたことなんてない。自分の中で一番の優しい思い出だと思っている。

「もちろん覚えています。とても良くしてくださいました」

「本当に？　俺は叔父上からは何もできなかったと聞いていたのだが」

「そんなことはありません。馬車で家まで送っていただいた時に公爵家の養女にならないかと言われました。そして美しさが正しいとはかぎらない、私の誠実さのほうが好ましいと。そんなことは誰にも言ってもらえなかったので、今でも大事にしている思い出です」

あの時は手を差し伸べてもらっても、その手を取ることは難しかった。両親の顔をつぶしてしまうことになるし、そうなればフルールに何を言われるかわからない。婚約者のブルーノも裏切ることになるからと、そのままでいいと思ってしまった。

「そうか。叔父上のしたことは無意味ではなかったんだな。話したらほっとすると思う。ずっと気に病んでいるようだったから」

「そんな。私なんて気にしてもらうような」

「フェリシー。言葉は正しく使うべきだ」

「え？」

「自分を傷つけるような言葉を自分で言うべきではないよ。フェリシーを心配している叔父上も傷つけることになる」

私の言葉がヨハン様を傷つけることになる？　本当に私のことを心配してくれているのだろうか。あの優しいヨハン様なら本当かもしれない。

「申し訳ありません……」

「いや、謝らなくていい……あぁ、すまない。どうしても俺は言い方がきつくなってしまうようだ。叱りたいわけじゃないんだ。俺もフェリシーに自分なんてと言ってほしくなかっただけだ」

「え？」

「授業も書庫でも、いつも真面目に勉強している。その努力はちゃんと評価されるべきだし、誇っていいと思うんだ。フェリシーはちゃんと価値のある人間だ。俺や叔父上はそう思っている。だから、もう少しだけ自分を大事にしようと思ってくれないか？」

「あ、ありがとうございます。頑張りますね？」

「あぁ、頑張らなくていいけど、うん」

ちょうどお茶も飲み終わったところで、ハルト王子は仕事を始めるようだった。机の上に分厚い本を何冊か積み上げている。歴史の本かな。

私も茶器を片づけてから、閲覧用のテーブルに向かう。ハルト王子が本をめくる音や、私がノートに答えを書く音だけが部屋に響く。ただそれだけなのに、落ち着くような気がする。

気がついたら部屋の外は暗くなっていて、慌てて帰る準備をする。ハルト王子はまだ残って仕事をするらしい。

「それでは、帰ります。ありがとうございました」

「あぁ、気をつけて帰ってくれ。また明日な」

「はい」

　また明日なんて、初めて言われた。何か約束をしたわけでもないのに、わくわくするような気持ちだった。


　カタンと音がして扉が開いた。入ってきたハルト様は疲れた顔をしていたが、私が部屋にいるのを見て柔らかく笑う。

「もう来ていたのか」

「今日はハルト様のほうが遅かったんですね」

「あぁ、ローゼリアに捕まりそうになって、一度帰るふりをして戻って来たんだ」

「それはお疲れ様です。お茶を淹れますね」

「あぁ、頼む」

　隠し部屋を使わせてもらうようになってから二か月が過ぎ、一緒にお茶を飲むのが恒例になりつつある。そして殿下と呼んでいたのも、名前で呼ぶようにと言われている。もちろん隠し部屋の中だけのことで他では呼んでいない。それどころか教室では挨拶すらしていないので、表向きはハルト様と一度も話していないことになっている。

「それにしてもローゼリア様はあきらめないですね」

「おそらく兄上の結婚式までに婚約者が欲しいんだろう」

「王太子様の結婚式までですか。あと一年ほどしかないですけれど」

「あいつはずっと王太子妃になると思い込んでいたからな。兄上に振られたのが悔しいんだろうけれど、俺の婚約者になってどうしたいんだか」

「王族に嫁ぎたいということなんでしょうか？」

　そこまで執着する理由がわからなくて首をかしげてしまう。王太子様に振られたのが悲しかったのなら、私なら近づきたくないと思う。ましてや好きな人の弟と結婚するなんてありえないと思うけれど……。やはりローゼリア様の考えはよくわからない。

「まぁ、どうせくだらない考えだ。さすがに俺を王太子にしようなんて馬鹿げたことは思っていないとは思うが、それを利用しようとする者がいないとも限らない。ローゼリアも成績がいい割にはそういうところが抜けている。そろそろ伯父上も黙っていないと思う」

「ジョフレ公爵様は王太子様の婚約に反対しなかったのですか？」

　王妃様の兄であるジョフレ公爵様は力の強い貴族だ。当然、王太子様の婚約についても口を出したと思うのに、それでもローゼリア様は選ばれなかったのだろうか。

「伯父上はローゼリアを王太子妃にしたがっていたが、陛下、父上が反対したんだ。ローゼリアではダメだと。まぁ、俺も反対したんだけど。これはローゼリアには内緒にしてくれ。知られたら何を言われるかわからない」

「あ、はい。内緒にします」

渋い顔のハルト様に、聞いてはいけないことだったのかと思う。王太子様が選ばず、陛下と弟王子までも反対したのであれば、ローゼリア様が選ばれなかったのも当然だ。その理由までは私が知る必要ないだろう。

「というわけで、そのうちローゼリアの婚約者も決まると思う。父上から伯父上に話が行っているはずだ。そうすれば教室でも大人しくなる。もう少しだけ我慢してくれ」

「私よりも大変なのはハルト様ですから。でも、そうですか。婚約者が決められるのですね」

国王陛下と父親が決めたら、わがままなローゼリア様でも断れない。どんな人が選ばれるのかはわからないけれど、ハルト様でもエミール王子でもないのだろう。その時、ローゼリア様がどう思うのか。考えても意味はないのに考えてしまう。自由に恋愛するなんて、貴族として許されるわけないのに。


その日も早く学園に着いて、A教室で授業を待つ間に本を開いた。先生が来るまで、勉強とは関係のない本を読む。これは図書室に通っているのは本を借りているからだと周りに思わせるためだ。本も借りていないのに、私が毎日図書室に入るのを見られたら、何をしているのかとあやしまれてしまう。そのために借りた小説だったが、意外と面白くて授業前の楽しみになっていた。

「あの、ラポワリー侯爵令嬢」

「はい」

呼ばれて顔を上げたら、同じ教室でも話したことのない令息だった。たしか伯爵家の三男だったと思うけれど、何の用だろうか。

「妹様が呼んでいるようですよ」

「え？」

視線で示されたのは教室の入り口だった。そこでフルールがにっこり笑って待っている。他の教室に入るのは禁じられているため、令息に頼んで私を呼んだらしい。令息に礼を言って、急いでフルールへと向かう。

「お姉様」

「フルール、何の用なの？」

いつも呼び捨てなのに、お姉様だなんて初めて言われた。にっこり笑っているけれど、何を企《たくら》んでいるんだろう。後ろには令嬢や令息を数人連れている。フルールの取り巻きだろうか。

「あのね、お姉様にお願いがあってきたの。ハルト王子様を紹介してくれる？」

「え？」

「ふふ。せっかくお姉様が同じ教室なんですもの。紹介してもらおうと思って来たのよ。さぁ、早くして？」

ハルト様を紹介？　フルールに？　たしかに初めて話す場合は他の貴族に頼んで紹介してもらうことはよくある。第三王子のハルト様に直接話しかけたら不敬だから同じ教室の私に紹介を頼んだ、そのこと自体はおかしくない。だけど……

「無理だわ」

「え？　どうして？」

「殿下とお話ししたことないもの。挨拶すらしていないのよ。妹を紹介だなんて、そんな失礼なことはできないわ」

「ええ？　話したことないの？　隣なのに？」

　フルールが大げさに驚くと、後ろにいた令嬢と令息がくすくすと笑いだす。私を見下すような笑いはフルールの侍女たちがよくしていた。いつもフルールが私を見下すから、見下してもいいと思っているのだろう。

「まぁ、でも、フェリシーならしかたないかも。私なら、王子様のほうから話しかけてきてくれたけど」

「え？」

「エミールよ。仲良しになったの！　だから、弟王子だというハルト王子様とも仲良くなろうと思って」

「そう。残念だけど、役にはたた」

「じゃあ、昼休みで良いわ」

「は？」

　無理だと言ったのにもかかわらず、昼休みでいいとは？　フルールは私を見ずに教室の中を見ている。どこを見ているの？　振り返ったら、ハルト様がこちらを見ていた。その隣の席ではローゼリア様がにらんでいるのも見える。しまった、聞かれていた。

「昼休みまでに話して、カフェテリアに連れて来て？　ね？」

「無理だって言ったわよね？」

「可愛い妹のお願いくらいきいてよね。それじゃあ、絶対よ？」

「無理よっ」

「連れて来なきゃ……ひどい目にあわせるわよ？」

私にしか聞こえないくらい小さな声でフルールがぼそっとつぶやく。優雅に笑っているのに、フルールの青目はまるで凍っているかのように冷たい。ぞくりとして何も言えないでいると、またにっこり笑う。薔薇が咲き誇るかのように艶やかに笑うと、教室内からざわめきが聞こえる。他の令息たちも気になって見ていたようだ。

「じゃあ、お願いね」

返事も聞かずにフルールは去って行った。自分の席に戻ると、ローゼリア様がハルト様に何か言っている。

「ちょっと、ハルト！　行かないでしょうね！」

「うるさいな」

「なんなの！　あの女！」

「もう授業が始まる。黙れよ」

そんなやり取りが聞こえたけれど、怖くて横は向けなかった。

ハルト様にもローゼリア様にも関わることなく、午前中の授業が終わる。授業が終わるといつものようにハルト様は教室から出て行く。ローゼリア様もそれを追いかけて教室から出て行った。私のことを気にしていた令息たちも、私がハルト様に話しかけなかったのを見て察したようだ。いつもならここで昼食を食べて、隠し部屋へと向かう。だけど、食欲なんてない。昼食を取りだして一口だけ食べて仕舞う。

どうしようか。とりあえずカフェテリアに行ってフルールに謝るべきか。連れて行く約束はしていないけれど、言っても聞いてくれないだろう。仕方なく立ち上がり、カフェテリアへと向かう。

初めて入るカフェテリアは人が多かった。それでもキラキラ光っているのが見えて、居場所がすぐにわかる。テラス席に金髪のフルールと、もう一人金髪の令息が座っている。ブルーノかと思ったけれど、違った。

ブルーノよりも中性的な美しさの令息。しかもはっきりとした青目。同じ金髪青目のフルールと並んで座っていると、対で作られた陶磁人形のように見える。その二人を囲むように周りには令嬢や令息が集まっていた。

私がテラス席に近づくと、フルールが気がついて微笑む。中身を知らなければ見惚れてしまうような優しい微笑みだった。

「お姉様、待っていたわ」

「フルール、あのね」

「紹介するわね、エミールよ」

「へぇ、本当に似ていないんだな。銀じゃないな、灰色の髪？」

　あぁ、この金髪青目の令息がエミール王子なのか。全然ハルト様に似ていない。令息にしては小柄なのか、背の高いフルールとそれほど変わらない。顔のつくりは美しいが、私をじろじろ見ると顔をゆがめるようにして笑う。

「お初にお目にかかります、殿下。フェリシー・ラポワリーと申します」

「ふぅん。外見もつまらないけど、中身もつまらなそうだな。さすが、令嬢のくせにA教室なだけある」

「あら、エミール。こんなのでも私の姉なのよ。意地悪しないであげて？」

「ははっ。フルールはこんな女にも優しいなぁ。それで、ハルトを連れて来るんじゃなかったのか？」

　そうだった。それを言うために来たんだった。なんとかフルールに納得してもらわなくてはいけない。思わず、ハルト様からもらったネックレスをぎゅっと握ると、勇気をもらえた気がした。

「あの、もうし」

「俺に何の用があって呼び出した」

「え？」

　私のすぐ後ろから声がしたと思ったら、ハルト様がいた。普段見たこともない怒った顔で、ローゼリア様に対するよりも冷たい声だった。

「あら、すごいじゃない。フェリシー。ちゃんと連れて来てくれたのね」

「何の用で呼び出したと聞いている」

「え？　あぁ、連れてくるようにお願いしたのは私よ。エミールだけじゃなく、あなたとも仲良くしたくて」

「お前は馬鹿なのか？」

「え？」

ハルト様が来てくれたことがうれしかったのか、笑顔で話しかけてきたフルールに、ハルト様はにらみつけるように馬鹿なのかと言った。それにはエミール王子も周りの者たちも表情をかたまらせる。

「王妃と側妃の仲の悪さも知らないなんて、世間知らずなのか？　あぁ、王子を呼びつけるくらいだからな。常識もないいんだな」

「いえ、あの、呼びつけるなんて。お願いしただけでしょう？」

「姉を脅《おど》すようなことを言って、お願いだ？　ふざけているのか？」

「脅してなんてっ」

「お前、言ってたじゃないか。連れて来なきゃ、ひどい目にあわせるわよ？　って」

あの距離で聞こえていた？　あんなに小さい声だったのに。フルールは一瞬顔を青ざめさせたが、すぐに悲しそうに微笑む。

「まぁ、またお姉様が意地悪を言ったのね？　いつもそうなの。私はお姉様と仲良くしたいのに、お姉様は私を悪く言って」

「ハルト、フルールのせいじゃない。どうせその不細工が何か言ったんだろう。フルールはいつも姉にいじめられているんだ。家庭教師を辞めさせられたせいでC教室にいるんだぞ。可哀そうだと思わないか？」

エミール王子の言葉を聞いた者たちが驚きの声をあげた。まぁ、なんてひどい。だからC教室に？　姉はA教室らしいぞ。妹には家庭教師をつけずに自分だけ勉強を？　あの美しさを妬んだんだろうか。みっともない。

もうここから逃げ出してしまいたい。何を言っても、どうせ全部私のせいにされる。それくらいなら逃げ出して……

「なんだ、性格が悪いだけじゃなく、嘘つきなのか」

「は？」

「エミールは知らなかったのか？　この学園の基準。A教室とB教室は学力の差だが、C教室は違う。C教室に入れられるのは家庭教師から勉強する気がないと判断された者だけだ。その妹が意地悪されて家庭教師を辞めさせられたというのが本当なら、学力が足りなくてもB教室に入れられていただろう」

「なんだと。C教室を馬鹿にするつもりなのか？」

「事実だ。学園の教師に聞いてみたらいい。本当だと言うだろう。勉強する気がなかっただけのくせに、姉のせいにして逃げる。脅しておいて、姉の悪口だと平気で嘘をつく。俺はフェリシー嬢からは一度も話しかけられていない。教室で脅しているのが聞こえたから文句を言いに来たんだ」

「まさか、本当に聞こえていた？」

ハルト様の低い声は大声じゃないのに、カフェテリア中に聞こえていた。静まり返ったカフェテリアにハルト様の声とフルールのつぶやきが響いた。私の悪口を楽しそうに言っていた者たちが気まずそうに下を向く。もしかして、私が何も悪くないとわかってもらえた？

「人を脅して俺を呼び出すような奴と関わる気はない。二度とこんなことをするな。あぁ、もし姉のほうに報復するようなことがあれば侯爵家に警告する」

「そんなことしないわよ！」

「それが事実ならいいがな。もう二度と俺に関わるな」

ハルト様はフルールに警告するとカフェテリアから出て行こうとする。そのついでに腕を引っ張るように連れ出され、驚きながらもハルト様について行く。

「え？　え？」

「あのままカフェテリアにいたら何を言われるかわからないだろう。フェリシーはこのまま教室に戻れ。何か他の奴に聞かれたら、俺とは話していないとだけ言っておけ」

「あ、はい。わかりました」

訳がわからないまま腕を離され、ハルト様はどこかに行ってしまう。もうすぐ授業が始まる時間になっているのに気がついて、A教室へと戻る。

あとから戻って来た令息たちが私に何か聞きたそうにしていたが、話しかけられることはなかった。

授業が始まる直前、ハルト様とローゼリア様が教室へ入ってくる。なぜかローゼリア様ににらまれたが、ハルト様はいつも通りの無表情だ。いったい、どういうことなんだろう。


「ちょっと、いったいどういうことなのよ！」

「どういうことと言われましても……」

授業が終わった瞬間、ハルト様は教室から出て行く。もう少ししたら私も隠し部屋に行こうと思っていたら、その前にローゼリア様に捕まってしまう。微笑んでいれば可愛らしい令嬢なのに、怒っている顔しか見ていない気がする。

「カフェテリアにハルトが行ったそうじゃない！　あなたがハルトに話しかけなかったから安心していたのに、どういうことよ。いつのまにお願いしたのよ！」

「していません！　殿下に話しかけるなんて、しておりません。お願いだなんて、できるわけがありません！」

「じゃあ、どうしてよ」

「わ、私にもわかりません」

話していないと言ってもローゼリア様は納得してくれなかった。カフェテリアで何があったのか、事細かく聞き出され、仕方なく話す。

「ふぅん。あなた、妹に脅されたの」

「……はい」

どうせ信じてくれないだろうと思ってうなずくと、意外にもローゼリア様はあっさりと信じてくれた。

「まぁ、あの女は性格悪いもの。姉妹がいるのも大変なのね」

「え？」

「何驚いているの？」

「いえ、あの、いつも周りの者はフルールの方を信じるので、私の話を信じてもらえたのが驚きで」

正直に話したら、ローゼリア様は大げさにため息をついた。

「あのね、そういうのも貴族令嬢としてのたしなみなのよ。いかに自分を良く見せるか、相手を貶めるか。あの女なら姉を貶めるくらい簡単にするでしょうね」

「そうなのですか」

「あなた長女でA教室なのに、婚約者はいないし、社交もしていないじゃない。家で大事に扱われていないことくらい、誰だってわかるわ。それをわかった上で、あなたを悪く言っているのよ。信じていなくても、そのほうが都合がいいから」

「都合がいいから……」

そうなのか。お父様もブルーノも、わかっているのに私の味方になってくれないのは、そのほうが都合がいいからだったのか。だったら、フルールが間違っていたとしても問題なかったんだ。

「あなたね、もう少しちゃんとしなさいよ。搾取されるのに慣れ過ぎているわ」

「さくしゅ？」

「ちゃんと自分がどうしたいのか言わなきゃ、誰も理解してくれないのよ。もう少し自分の意見をもちなさいよ」

「……はい」

なんだかローゼリア様が私のために言ってくれているように思えて、素直にうなずいた。それを見て、またローゼリア様はため息をついていたけれど、気が済んだのか教室から出て行った。数人の令息たちが私たちの会話を聞いていたが、それについてどう思ったのだろうか。やはり、フルールの方を選ぶのだろうか。

人に会わないように図書室に向かい隠し部屋に入ると、ハルト様と目が合った瞬間、頭を下げられた。

「悪かった」

「えええ？」

ハルト様に頭を下げられるなんて。慌ててやめてもらうようにお願いすると、ハルト様は気まずそうにまた謝る。

「あの女が脅しているのが聞こえて、我慢できずに文句を言いに行ってしまった。何かあったら俺のせいだ。すまない」

「あれ、本当に聞こえていたんですね。すごく小さな声だったのに」

「唇の動きでだいたい何を言っているかわかる。貴族は影で本音を言うからな。こそこそ話していると読んでしまうんだ」

「あぁ、そういうことですか」

あの距離で聞こえるのかと思ったが、見えていただけのようだ。唇の動きで会話を読むというのは知っていた。実際にやっている人に会うのは初めてだが、王族ならそれも必要になるのだろうか。

「帰ったら、あの女に何かされるよな？　大丈夫か？」

「されるかもしれませんが、たいして問題はないと思います」

「本当か？」

「何かあれば侯爵家に警告すると言いましたよね？　そうなればお父様も下手なことはできないと思います」

「そうか。ならいいが。もし何かあれば言ってくれ」

「はい。あぁ、お茶を淹れますね」

ほっとしてソファに座ったハルト様にお茶を淹れる準備をする。何もされないということはないだろうが、お父様に叩かれることはないと思う。頬が腫れたまま学園に来れば何かあったと知られることになるし、そうなれば非難されるのはフルールの方だ。フルールの評判を落とすようなことはしないだろう。

　お茶をハルト様の前に置いて、私も向こう側のソファに座る。テーブルの上には美味しそうな焼き菓子が置かれていた。ハルト様が持って来たらしい。

「あの一件のせいで昼を食べ損《そこ》なった。フェリシーもそうだろう？　腹が空いたままで仕事する気にはならん。一緒に食べよう」

「あ、ありがとうございます」

　王宮で出されるお茶菓子が有名なのは知っているが、食べるのは初めてだ。さっくりとしたガレットはバターがたっぷりで想像していたよりもずっと美味しい。思わずうっとりしてしまったら、ハルト様がくくっと笑うのが聞こえた。

「え？」

「悪い。フェリシーもそんな顔するんだな」

「そんな顔ですか？」

「ああ。美味しいって顔して、うっとりしていた。そんなに美味しかったのか？」

「……はい。こんなに美味しい焼き菓子は初めてで」

「そうか。こんなに喜んでもらえるのなら、もっと早く持って来れば良かったな。この部屋には常備させておくことにしよう。好きなだけ食べたらいい」

「ありがとうございます」

　私が焼き菓子を食べるたびにハルト様がうれしそうに笑うから、食べにくいと思いながらも、あまりの美味しさに手が伸びてしまう。
この日はあまり勉強する時間も取れず、ただお茶をするだけになってしまった。

第五章 ✦ 王子様の導き

楽しかった時間はあっという間に過ぎて、帰宅する時間となった。

ハルト様に心配されたけれど、帰らないわけにもいかない。しばらくフルールと会わなければ平気だと説得して隠し部屋を出た。

屋敷に着いて離れの私室に入ると、なぜか待っていたミランに迎え入れられる。

「おかえりなさいませ」

「え？　ミラン？　どうしたの？」

「フルール様からのご指示です。部屋をめちゃくちゃにしてきてとのご命令でした」

「え？　フルールの？」

昼の報復がこんな形で来るとは。何か言われても自分のせいじゃないと言い逃れするために侍女に命じたのかもしれない。だが、部屋はいつも通りだった。何も壊されていないどころか、むしろ綺麗に掃除されている。もしかして、ミランが掃除してくれた？

「ミラン、めちゃくちゃにしてって言われたんじゃないの？」

「ええ。ですから、いらなくなった服や本はありませんか？」

「着られなくなった服ならあるけど、これでいい？」

成長したのか胸のあたりがきつくなってしまって、フルールのお下がりが何枚か着られなくなっていた。その中の一枚を選んでミランに渡すと、ハサミで服を切り裂いていく。

「そんなことしてどうするの？」

「部屋をめちゃくちゃにした証拠に、この服を見せます」

「あぁ、そういうこと？　でも、そんなことしていいの？」

フルールの指示に従ったように見せるというのは、私としてはありがたいけれど、本当のことが知られたらミランは辞めさせられるかもしれない。心配していたら、ミランはこれが仕事ですからと微笑んだ。

「明日以降、フルール様に何か聞かれたら、できるだけ悲しそうな顔をしてください」

「わかったわ。悲しくて悔しい、って顔しておく。ありがとう、ミラン」

「いいえ、それでは失礼いたします」

ボロボロになった服を手に、ミランは部屋から出て行った。どうしてミランがこんなことをしてくれるのかはわからないけれど、報復がこれで済んだのであればよかった。

三日後くらいに学園の廊下でフルールとすれ違ったので、悲しそうな顔でフルールを少しだけにらんでみた。フルールは勝ち誇ったような笑顔で去って行ったので、これで大丈夫だと思う。少しだけ気になったのは、フルールの隣にはまたエミール王子がいた。教室が違うとはいえ、ブルーノはどうしたのだろうか。

「あんたの妹とエミール、婚約間近だって言われてるわよ」

「え？　フルールがエミール王子とですか？」

あの一件以来、ローゼリア様に話しかけられることが増えた。と言っても、たいていはフルールに関することだった。ローゼリア様はフルールがお茶会の主役になることが気に入らないらしく、私のところへ来て愚痴をこぼしていく。そのため、今まで知らなかった社交界の情報が入ってくるようになっていた。

「学園でもずっと一緒にいるって話だけど、何か聞いてないの？」

「……フルールには婚約者がいるのですが」

「え？　あの女に婚約者がいるなんて聞いたことないわよ。誰なの？」

「アレバロ伯爵家のブルーノです。同じ学年のB教室にいます」

「ブルーノ？　あぁ、知ってはいるけど、あまりぱっとしない男ね」

「え？　あ、そうなのですか」

フルールはブルーノのことを素敵だと褒めていたけれど、ローゼリア様から見るとぱっとしない男なんだ。背が高くて身体も鍛えていて、金髪なのに。フルールに言わせれば水色の目が惜しいらしいけれど。

「あれが婚約者なら、エミールに乗りかえたとしても不思議じゃないわね」

「ブルーノとは婚約解消して、エミール王子と婚約するということですか？」

「まぁ、ありえなくはないわ。侯爵家なら婿入りしてもおかしくないもの」

「婿入りですか？」

フルールが王族入りするのではなく、エミール王子が侯爵家に婿入り？　そう思って聞いたら、ローゼリア様は声をひそめた。

「ここだけの話よ」

「はい」

「エミールの父親は陛下じゃないかもしれないんですって」

「ええ⁉」

「うるさい。静かにして！」

「す、すみません」

エミール王子が国王陛下の子どもじゃないかもしれないって、それって大問題では？　ローゼリア様はため息をついて、小声で話を続けた。

「そういう噂があるって話よ。まぁ、アルバンとハルトには神の加護があるのにエミールにはない。だから王族の血をひいていないんじゃないかって。見た目の美しさは側妃様に似たのでしょうしね」

「神の加護が……そうなのですか」

知らなかった。ハルト様にも神の加護があるんだ。私だってハルト様に話していないのにもかかわらず、知らなかったことに胸が痛む。

神の加護を持つ者は他国から狙われることもあるそうだから、公表しない理由はわかる。私は知らなくて当然だと思うのに、少し悲しい。いつの間にか、私がハルト様の一番近くにいるような気がしていた。あれだけ避《さ》けられているローゼリア様が知っているのに、私は知らなかった。そのことが悲しくて悔しい。

隠し部屋で一緒に過ごす時間が増えていく間に、思い上がっていたのかもしれない。ハルト様の特別になれたわけでもないのに。

その日も授業が終わると隠し部屋へ向かう。ハルト様がいるのを見て、いつも通りにお茶を淹れる。そう、いつも通りにしていたつもりだった。

「何かあったのか？」

「え？」

「笑えていない。あぁ、無理に笑おうとしなくていい。何かあったら話せと言っていただろう？もしかして妹に何かされたのか？」

ちゃんといつも通りに笑えていたはずだった。指摘されて本当は無理していたのだと気づく。

「ほら、焼き菓子を食べるか？」

「あ、はい」

大好きなガレットを差し出され、素直に受け取る。落ち込んでいる私のためにハルト様が何かしようとしてくれることがうれしかった。それでも、神の加護について聞くことはためらわれた。ハルト様が隠していることに踏み込んではいけないと思って、言えたのは別のことだった。

「フルールが、エミール王子と婚約するのではと噂になっているそうです」

「それはローゼリアから聞いたのか？」

「はい」

私がローゼリア様に連れ出されていたのを思い出したようで、ハルト様は渋い顔をする。ハルト様は私とローゼリア様が話すのを良く思っていないらしい。

「だが、フルールには婚約者がいるだろう？　ブルーノ・アレバロだったか」

「知っていたのですか？」

「フェリシーが家を継ぐ感じではなかったからな。勝手に調べてしまって悪かった」

申し訳なさそうな顔をするハルト様に、慌てて否定する。驚きはしたけど、調べられて困ることではない。

「いえ、知っているのなら話は早いです。フルールには婚約者がいるのに、どうするのだろうと考えていました」

「そうだな。婚約を解消する手続きは面倒なはずだ。婚約者がいる令嬢を奪ったと評判が落ちて困るのはエミールのほうだしな」

「エミール王子が困るのですか？」

考えてみれば、フルールが美しいからと王族に求められたのであれば、断るのは難しい。エミール王子が無理やりに婚約を迫ったと思われるかもしれない。

「エミールは王族に残りたがっている。だけど評判が落ちてしまえば、それは難しいだろう。だから、そんなことをするのかなと疑問ではあるな」

先ほどローゼリア様から聞いた陛下と親子ではないかもしれないという噂。それも関係しているのかもしれないが、さすがにハルト様には聞けなかった。

「ハルト様とエミール王子、どちらも王弟として王族に残る予定なのですか？」

「俺は兄上に子が産まれたら王族から外れるよ」

「そうなのですか？」

「ああ。叔父上の養子となってアルヴィエ公爵家を継ぐ予定になっている。だから、フェリシーのことも聞かされていたんだよ。お前の妹になるかもしれない令嬢がいると言われてね」

「それで私の話を……」

神託を聞くことができる加護を持つ者は生涯結婚しないと言われている。人よりも神に近い存在になってしまうため、そういう感情にならないと聞いた。だから、ヨハン様の跡継ぎとしてハルト様が養子に入る話になっているのだろう。

「フェリシーが侯爵家を継ぐからと断られたはずなのに、必死になって王宮女官の試験問題を解いていただろう？　叔父上も侯爵家は良くないと心配していたからな。少し侯爵家のことを調べたんだ」

「いろいろとご心配おかけしてすみません」

「フェリシーのことは妹になるかもしれないと、ずっと思っていた。いつ会えるんだろうとわくわくしていたんだが、ようやく会えたと思ったら暗い顔しているし……」

「本当に心配させてしまって……」

「ああ、大丈夫だから謝らないでくれ。心配するのはこっちが勝手にしていたことだ。だけど、困ったことがあったら話してほしい。叔父上の養女になる話はまだ消えたわけじゃない。俺のことは兄になるかもしれないと思って、信頼してくれないだろうか？」

「兄、ですか？」

「だめか？」

このまま何事もなく学園を卒業できたら王宮女官になるつもりだったけれど、その前にお父様やフルールに邪魔される可能性もある。ヨハン様に助けを求めたら、ハルト様がお義兄《にい》様になる？

向かい側で心配そうに私を見つめるハルト様のことは信頼している。だけど、兄妹《きょうだい》になりたいかと言われたら違う気がする。

「光栄ですが、私はできるかぎり自分の力でどうにかしたいと思います」

「そうか。気が変わったら言ってくれ」

「わかりました」

しょんぼりしてしまったハルト様には申し訳ないと思いながら、茶器を片づける。楽しかった時間も仕舞っていくような作業に、心も落ち着いていく。甘えてはいけない。ちゃんと立場をわきまえないといけない。

閲覧用のテーブルに移り、何も考えずに試験問題を解く。何も考えたくない。私の未来も、フルールのことも。少しだけさみしそうなハルト様のことも。

離れの私室で寝る準備をしていると、ドアをノックされた。こんな時間に誰だろうと思いながらも返事をする。

「失礼いたします。ミランです」

「あぁ、ミラン。こんな時間にどうしたの？」

入ってきたのはミランだった。まさか、またフルールに何か言われてやって来た？

「フェリシー様、明日の登校時間ですが、いつもよりも一時間ほど早めたほうがいいと思います」

「一時間も早く？　どうして？」

「フルール様が、明日からエミール王子の送り迎えで学園に通うと」

「え？」

「そのため、ブルーノ様はもう来なくていいという手紙をアレバロ家に送りました。ですが、ブルーノ様が納得されるとは思えません。おそらく明日の朝早くに確認しにくるのではないかと」

今までフルールの婚約者としてブルーノが送り迎えしていたはず。それがエミール王子に変更になるなんて、簡単に納得するわけがない。ブルーノだけでなく、伯爵も一緒に確認しにくるかもしれない。一時間早く登校したほうがいいというのは、その話し合いに巻き込まれないようにということか。

「わかった。一時間早く行くことにするわ」

「それでは、使用人には伝えておきます」

「うん、ありがとう」

わざわざ教えに来てくれたのだとわかり、礼を言うとミランは少しだけ笑った。どうして私に良くしてくれるのかわからないけれど、とても助かっている。ミランが教えてくれなかったら、確実に巻き込まれていたと思う。


次の日、起きるとララがバスケットに朝食を入れて用意してくれていた。一時間早く登校するために、昼食だけでなく朝食も持たせてくれるらしい。これなら午前中にお腹が空いて困ることもない。準備をして急いで馬車を出すと、少し行ったところで伯爵家の馬車とすれ違う。やはりブルーノが抗議しに来たらしい。危ないところだった。

一時間も早く登校してしまったことで、学生は誰も来ていなかった。教室に行くのもためらわれて、隠し部屋へと向かう。さすがにハルト様はいなかったが、朝食をゆっくりと食べてお茶を淹れる。あまりにも居心地が良くて、いつもよりも遅い時間まで隠し部屋にいてしまった。

教室に向かうと、待ち構えていたローゼリア様に捕まる。慌てているのか、いつものように廊下に連れ出されることもなく聞かれる。

「ちょっと！　どういうことなのよ！」

「え？　どういうことと言われましても……」

「なんでエミールがあの女と一緒に登校しているの⁉」

「すみません、私もよくわからなくて」

「ああ、そうよね。フェリシーはわからないわよね」

私にこれ以上聞いても無駄だとあきらめたのか、ローゼリア様は自分の席へと戻って行く。周りの令息たちも興味津々で私たちの会話を聞いていたが、新しい情報は得られずがっかりしていた。役に立たない姉だとでも思っているんだろうなぁ。そんな中、ハルト様だけがずっと渋い顔をして前を向いていた。

昼休みに隠し部屋に向かうと、ハルト様はいなかった。めずらしいこともあると思いながらも、試験問題を解き始める。勉強を始めてしまえば何も気にならない。休み時間が終わるまで問題を解いて、A教室に戻るとハルト様はいなかった。ローゼリア様もハルト様がいないのが気になるようでそわそわしていた。何も言わずに帰ってしまったのだろうか。

放課後になるまでハルト様は戻ってこなかったけれど、急な用事でもできたのだと思うことにした。家に帰ったらフルールのことに巻き込まれるかもしれないし、できるかぎり学園に残って勉強していたい。

いつものように隠し部屋へ行こうと書庫の扉を開いた時、後ろからドンっと押される。その勢いで書庫の中に倒れ込んだら、誰かが書庫の扉を閉めた。

「いたっ」

何が起きたのかと顔をあげたら、男性が私を見下ろしていた。この男性が私を押したのか。しまった、書庫に二人きりになってしまっている。何をしようとしているのかはわからないが、逃げなくては。立ち上がって書庫から出ようとしたが、後ろから腕をつかまれる。

「痛いっ。離して！」

「お前のっ。フェリシーのせいだろう！」

「え？」

　名前を呼ばれて、ようやく気がついた。私の腕をつかんでいるのはブルーノだ。最後に会ったのは一年半以上前になるが別人のようだ。鍛えられていた身体は痩せ細り、顔色は悪く、金に近かった髪はパサついて栗色に見える。よく見れば顔立ちはそのままだけど、眉間のしわや乾燥した唇。疲れ切った雰囲気でブルーノだとは気がつけなかった。

「お前が跡継ぎに戻りたいとでも言ったんだろう！　だから、だから……フルールがあんなことを！」

「何を言っているの？　跡継ぎって、私はもう関係ないでしょう」

「はぁ？　お前が言い出さなかったら、フルールがあんなことを言うわけないだろう！」

　いったいなぜ私がブルーノに怒られているのかはわからないが、今朝からエミール王子に送り迎えされているフルールのせいに違いない。こうなると思ったから関わりたくなかったのに。

「ちょっと落ち着いてくれない？」

「うるさい！　俺に指図するな！　フェリシーのくせに！」

　つかまれたままの左腕を強く握られて痛いのに、逃げ出せない。助けを呼びたくても、二人きりでいることを考えると騒ぎにしたくない。それでも、あまりの痛さに耐えられなくなる。

「やめて！　痛い！　離してよ！」

私が痛がっているのがわかったのか、ブルーノはにやりと笑う。痩せ細った身体でどうしてこんな力が出せるんだろう。離すどころか、よけいに強く握られて涙がこぼれた。

もう嫌だ。どうして私だけがこんな目に遭《あ》い続けなくてはいけないのか。腹立たしくて悲しくて、それでも抵抗できない自分が情けなくて。もう騒ぎになってもいいから大声で叫ぼうとしたら、書庫の扉ががらりと開く。

誰かが入ってきたのが見えたら、ふわりと身体が浮く。次の瞬間にはガターンと音がして、ブルーノが壁際に倒れていた。

「大丈夫か？」

「……ハルト様？」

私を抱き上げるようにして助けてくれたのはハルト様だった。ゆっくりと私を床におろして立たせてくれる。もう帰ったんだと思っていたのに、どうしてここに？

背中をさすりながら起き上がったブルーノが、ハルト様をにらみつけている。

「誰なんだよ！　急に蹴とばしやがって！」

え？　蹴とばした？　ハルト様がブルーノを？　それはともかく、王族に対してそんな口のき方をするなんて。

「俺か？　俺はハルト。第三王子だと言えばわかるか？」

「ハルト……第三王子、様？」

ようやくハルト様のことがわかったのか、ブルーノの顔が青ざめていく。

「で、お前は誰なんだ？」

「いえ、あのっ。ブルーノ・アレバロと申します」

「あぁ、ブルーノって。フェリシーの妹の婚約者か。それがなぜフェリシーに暴力をふるう？」

「暴力だなんて、この女が悪いのです！」

「この女だと？　フェリシーは侯爵令嬢だぞ。伯爵家の三男がこの女呼ばわりしていい立場ではないだろう」

「え？」

　初めて聞くような顔でブルーノが驚く。今まで自分のほうが上だと思っていたのがわかる。指摘されても納得がいかないようで、慌ててハルト様に言い訳を始めた。

「いえ、ですが……この女、いえ、フェリシーは侯爵家だとしても、誰にも相手にされていないんです。俺は侯爵家の婿になるので、身分は上になるはずです」

「それは結婚後のことだ。今は伯爵家の三男でしかないのに、侯爵令嬢を見下すような態度は許されない。そんなことも理解できていないのか？」

「いえ、理解しています。ですが、フェリシーが跡継ぎになりたいとわがままを言ったせいで、私とフルールの婚約が解消されて。フェリシーと婚約させられそうで、つい怒りが」

「は？」

　今度はハルト様が驚いて私を見るが、私が首を横に振る前に否定してくれた。

「そんなことフェリシーが言うわけないだろう」

「いえ、本当です！」

「フェリシー、ブルーノがこう言っているが、言ったのか？」

「いえ、言うわけありません。私は家を継ぐ気なんてありませんから」

「だよなぁ」

やっとはっきり否定できた。ハルト様にも同意されて、これで話を聞いてくれるかと思ったのに、ブルーノは信じてくれなかった。

「嘘です！　だって、フルールが跡継ぎはフェリシーに譲るって！　婚約者も変更になると！」

「婚約者の変更ってなんだ？　そんなことできるのか？」

「婚約したのが神託の儀式前だったので、ラポワリー家の跡継ぎとアレバロ家の令息、と書かれているんです。だから、跡継ぎを変更されると婚約者も変わることになって。フェリシーがわがままを言ったとしか思えなくて」

「私はそんなこと言わないわ！　それに、私が言っても聞いてもらえないのは知ってるでしょう？　フルールがそう望まない限り、変わるわけないんだから！」

私と婚約していた時、あんなに簡単に跡継ぎから外されて、蔑ろにされていたのを忘れたのだろうか。

「それって、フルールがお前から逃げただけなんじゃないのか？」

「……フルールが逃げた？」

「ああ。侯爵家を継ぐよりも、高位貴族に嫁ぎたいと思ったから邪魔になったんじゃないのか？」

「そんな……フルールが俺を捨てるなんて……」

いや、ありえる。学園に入学してからフルールはエミール王子のそばにいた。学園の送り迎えもブルーノからエミール王子に変えてしまった。何よりもブルーノが美しくなくなってしまった。美しい者しかそばに置かないフルールがブルーノを嫌うのは当然に思えた。

「とにかく、フェリシーはフルールにも侯爵にも何も言っていない。跡継ぎになる気もない、それは理解したか？」

「……はい」

「お前にできるのはフルールに婚約を続けてくれるようにお願いするだけだ」

「ですが、フルールは……」

そう言ってブルーノは黙り込んでしまった。きっとフルールにお願いしても無駄だとわかっている。

フルールは全ての人は自分のお願いを聞くものだと思っているが、人からのお願いを聞いてくれるような人ではない。あ……でも、一つだけ例外があった。

「ブルーノ。あなた、フルールに女神の加護は使ってもらえなかったの？」

「いや、使ってもらっていた。だけど、最近は使ってもらえなくて。でも、昨日まではまだ良かったんだ。今朝起きたらこんなことになっていて。フルールは一目見るなり、病気がうつりそうだから近寄らないでって」

「そんな……」

「なぁ、フェリシーは跡継ぎになる気はないんだよな？　フルールに跡継ぎになってくれるように、一緒にお願いしてくれないか⁉」

泣き出しそうなブルーノに、ゆっくりと首をふる。私のお願いなんてフルールに聞いてもらえるわけがない。下手にお願いなんて言えば、逆に嫌がらせされる可能性が高い。

「おい、お前。フェリシーにこんな怪我をさせておいて、都合が良すぎるんじゃないか？」

「え？　怪我？」

ハルト様に言われて初めて気がついた。つかまれていた左腕が赤黒くなって腫れている。ブルーノも私の腕を見て気がついたのか、慌てて首を振る。

「え、いや、そんなつもりはなかったんです」

「つもりはなかった、じゃないだろう。俺が来た時、フェリシーを恫喝《どうかつ》していたじゃないか。令嬢に暴力をふるうなんて、学園から処罰が来ると思え」

「そんな⁉」

「お前、この怪我を見ても反省しないのか？」

「それは」

「すぐにここから立ち去って、もうフェリシーには関わるな。それを破るようなら、次は王家から処罰を与える」

「わ、わかりました……申し訳ありませんでした」

　これ以上はまずいと思ったのか、ブルーノは書庫から出て行った。本当に病気なのかと思ってしまうくらいやつれたブルーノは、ふらふらと出て行く。姿が完全に見えなくなって、大きく息を吐いた。ほっとしたら力が入らなくて座り込んでしまう。

「大丈夫か？　いや、大丈夫じゃないな」

「……だいじょ」

「フェリシー。聞いた俺が悪かったよ。頼むから、我慢して笑わないでくれ」

　私と視線を合わせるためなのか、しゃがみ込んだハルト様が顔をのぞき込んでくる。心配してくれている顔……わかっているけれど。

「我慢はしていません。助けていただいてありがとうございます」

「フェリシー」

「少し休めば動けます」

「フェリシー」

「だから」

「フェリシー。もういい。何も言わなくていい。怖かったんだろう」

　二人とも床に座り込んだまま、ハルト様の腕に抱き寄せられる。あまりのことに動けず、あっさりと腕の中に閉じ込められた。

「もっと早く助けられなくて悪かった」

「ハルト様が悪いなんて、そんな」

「俺はフェリシーを助けたい。助けたいと思うのはいけないことか？」

いけないことではないけれど、でも。

「お願いだから、この手を取ってほしいと思ってしまうんだ。俺が、フェリシーを守りたい。そう思うことは迷惑だろうか」

ハルト様が迷惑だなんて、違う。

「……だって、迷惑を……かけたくなくて……」

言葉と共に涙が零《こぼ》れ落ちる。一度でも弱さを吐き出してしまったら、そのまま崩れ落ちてしまうと思っていた。誰かに頼って裏切られてしまったら、もう立ち上がれないと思った。ハルト様に、裏切られるようなことがあったら……

「俺はフェリシーを裏切らない」

「え？」

「誰かを信じるのが怖いというのはわかる。だけど、俺はフェリシーを裏切らない。この手を取ってくれ。頼ってほしいんだ」

ぎゅっと抱きしめられ、耳元でハルト様の声がする。追い詰められたようなハルト様の声に、そうさせてしまったのが自分だと感じた。頑なに拒否していたから、こんなにも悲しませてしまっていた？

「一言でいい。助けてと言ってくれ」

「……」

「このままではフェリシーは跡継ぎにされて、ブルーノと結婚させられてしまう。あんな連中に勝手に決められて、本当にいいのか？」

さきほどのブルーノの言葉が思い出される。フルールがそう言ったのであれば、きっとお父様はそれに従う。

アレバロ家にお父様の決定を覆《くつがえ》す力はない。……私にも。何を言っても聞いてもらえず、言うとおりにするしかなくなる。

「……そんなのは嫌です」

どうしてもそれだけは嫌だった。ブルーノと結婚して、フルールのために動くのは。

「ハルト様……私を助けてください。もう、あの家にいるのは嫌なんです」

「っ！　ああ！　わかった。すぐに動こう」

私の返事を聞いたハルト様は笑顔になって、私の涙を優しく拭ってくれた。まだ立てない私を抱き上げると、そのまま書庫から外に出る。もう図書室内に学生たちの姿は見えない。

「どこに行くのですか？」

「教会だよ。ヨハン叔父上のところだ」

教会に着いた頃にはあたりは暗くなっていた。侯爵家の馬車はハルト様が帰してしまったが、今頃は私が帰宅しなかったことがお父様に知られているだろうか。

いや、おそらく数日たっても気がつかないに違いない。両親とは一年半以上も会っていないのだから、わかるわけない。ベンが報告すればわかるだろうけど、しない気がする。

　馬車が着いたのは教会の裏側だった。王家の馬車は大きくて一人で降りるのは無理かもしれないと思ったが、悩む前にハルト様が私を抱き上げて降ろしてくれる。

「ご、ごめんなさいっ」

「何言ってるんだ。一人では降りられないだろう。気にするな」

「ありがとうございます……」

　抱き上げられるとハルト様の声がすぐ近くで聞こえて、伝わってくる体温も恥ずかしくて仕方ない。顔が赤くなっているのを見せないように顔を背《そむ》けると、司祭たちが出迎えてくれているのがわかった。

「ハルト様、降ろしてください」

「だめだ。治療が終わるまでは大人しくしていてくれ」

　怪我しているのは腕なのに、ハルト様は降ろしてはくれなかった。近くにいた司祭に治癒士を呼ぶようにと声をかける。

「今日は叔父上は来ていないのか？　すぐに教会に来るように使いを出してくれ。俺が呼んでいると言えばわかるはずだ」

「かしこまりました。急いで使者を向かわせます」

「ああ、頼んだ」

　今日は神託の儀式はなかったらしく、ヨハン様は教会にはいなかった。奥の部屋に通されると、ソファに座らされる。それほど待つこともなく治癒士が三人部屋に入ってきた。

「彼女が腕を怪我している。他にも怪我がないかどうか診《み》てくれ」

「「はい！」」

お母様よりも少し上くらいの年齢の治癒士に囲まれるようにして治してもらう。腕だけではなく膝なども痛めていたようだが、全く気がついていなかった。そういえばブルーノに押されて書庫に倒れ込んだのを思い出した。その時にあちこちぶつけていたらしい。

「終わりました」

「ありがとう」

治癒士に診てもらうのは初めてだが、本当に治るのだと驚いた。三人の治癒士はぺこりと頭を下げて部屋から出て行く。

「痛みはもうないか？」

「ええ、すっかり。もう大丈夫です」

「そうか」

もう痛みはないと言ったのに、ハルト様は私の隣に座って左手をとる。なぐさめるように治った場所を撫でるから、何も抵抗できない。婚約者でもない令息にふれられるなんて、ふしだらだってわかっているけれど。さっきから抱きしめられたり抱き上げられて運ばれたせいで、私の感覚がおかしくなっているかもしれない。そのまま手をつないで会話のない時間が過ぎていく。ふれている手からハルト様の優しさが伝わってくるようで、何も言わなくても居心地がいい。

コンコンとドアのノックの音が聞こえて、思わず手を離す。

「ハルト、呼び出すなんてどうしたんだ」

部屋に入ってきたのはヨハン様だった。綺麗な銀髪を一つに結び、優しそうな緑目はあの時のまま。会ったのはもう五年近くも前なのに、少しも変わらない姿だった。

「え？　もしかして、フェリシーか？」

「はい。お久しぶりです」

部屋の中に私がいることに気がついて、ヨハン様が驚いた顔になる。だけど、すぐに痛々しいものを見るような目で、私の頭をそっと撫でた。

「そうか。我慢できなくなったんだな。よく頑張った」

「え？」

「もうあの家にいたくない、そう思ったから呼んだのだろう？　ハルト」

「そうだ。もうフェリシーを帰すことはできない」

「詳しく説明してくれるね？」

向かい側のソファにヨハン様が座り、ハルト様がこれまでのことを説明する。ヨハン様は静かに聞いていたけれど、話が終わると大きくため息をついた。

「事情はわかった。一刻も早く手続きをしよう。王宮に行くよ」

「え？　王宮ですか？」

「ああ。今度は断らないでくれるだろう？　私の娘になってくれるね、フェリシー？」

「……本当にいいのでしょうか？」

「私がそうしたいんだ。フェリシーに私の娘になってもらいたい。ハルトもそれがいいと思ったから私を呼んだのだろう？」

この期《ご》に及んで、養女になって本当にいいのか迷ってしまう。

ヨハン様は確認するようにハルト様を見た。ハルト様は私と視線を合わせるようにのぞき込んでくる。

「フェリシー。俺たちの手をとるんだろう？　もう迷うな。絶対に助けるから、信じてくれ」

「……はい」

「うん、それでいい。よし、すぐに行こう」

一緒の馬車で行くのかと思ったが二台で来ている。他の貴族にあやしまれないように、来た時と同じように二台にわかれて王宮に向かう。

「フェリシーは王宮に行くのは初めて？」

「はい……制服のままで大丈夫ですか？」

「大丈夫。王族しか使えない通路を使うから。他の者には会わないと思うよ」

王族の専用通路。そんな場所を私が使っていいのか疑問だけれど、ハルト様とヨハン様に頼ると決めた。もう何も言わないでついていこう。

馬車が止まるとハルト様に抱き上げられて降ろされる。今は怪我も治ったのだけれど、抵抗する気持ちにならない。

「叔父上は父上に説明していると思う。応接室で待とう」

「はい」

　さすがに今度は抱き上げたままではなく、下に降ろしてくれた。ハルト様に手を引かれて王宮へと入って行く。

　王族用の裏口だったのか、王宮の中でも奥側の場所を歩いているらしい。謁見室《えっけん》もある本宮の応接室に入ると、王宮女官たちがお茶を出してくれる。ハルト様と一緒に来たことをどう思われているのか気になったけれど、ハルト様はそんなことを気にせずに私の隣へと座った。

　しばらくして、ヨハン様が応接室に入ってきた。手には書類を持っている。

「許可はもらえたよ」

「思ったよりも早かったんだな」

「兄上にはフェリシーを養女にしたいと前から言ってあったからね。さぁ、フェリシー。署名は二度。ここへはラポワリーの名で。その下は新しい名前だ。フェリシー・アルヴィエ」

「フェリシー・アルヴィエですか？」

「ああ。フェリシーはアルヴィエ公爵家の長女になるんだ」

　緊張しながら間違えないように二度、署名をする。フェリシー・ラポワリー。この名前を書くのはこれが最後。

　そして、新しい名前。フェリシー・アルヴィエ。これが私の名前……。

「ああ、フェリシー、これでもう家族だ。これからは父と呼んでくれるか？」

「はい。お義父様《とうさま》。これからよろしくお願いします」

これからはヨハン様が私のお義父様になる。初めてお義父様と呼んだら、優しく微笑まれてくすぐったい気持ちになる。

「このご恩は一生かけてお返ししますから」

「いや、恩とかは必要ない。むしろこちらが謝らせてほしいくらいなんだ。ずっと、つらい思いをしていたんじゃないのか？　もっと早くに迎えに行けばよかったよ。昨年のラポワリー領地の収穫量は一昨年《おととし》の六割だった」

「え？」

「だから、フェリシーに何かあったんだと思っていた」

ラポワリーの収穫量が減っていた？　昨年はもう領主の仕事に関わっていなかったから、領地からの報告も見ていない。いつも豊作だったラポワリーの収穫が六割にまで減るなんて異常だ。

「フェリシーがラポワリー侯爵家の跡継ぎから外されたせいだよ」

「そんなことで影響があるんですか？」

「ある。フェリシーは気がついていなかっただろうが、フェリシーが生まれてからこの国は豊作続きだった。だから、あの年の神託の儀式で豊穣の加護が見つかるとわかっていた」

神の加護を持つ私が生まれたから豊作になっている？　神託の儀式前なのにそんなにも影響があるとは知らなかった。でも、収穫量が六割まで減ってしまうなんて領民の生活は大丈夫なのだろうか。

「私のせいなのですね……」

「あぁ、そうじゃない。六割とは言うが、フェリシーが生まれる前の水準に戻っただけだ。領民が暮らせないわけじゃない」

「前の水準に？」

「そうだ。それに、何かあったとしても責任はラポワリー侯爵にある。フェリシーを跡継ぎから外し、婚約解消をし、家から追い出そうとしたのだから」

おそらく私が助けを求めるのを待っていただけで、ラポワリー家で何が起きていたのかは調べられていた。確認するような口調で言われ、嘘をつくわけにもいかず頷く。

ずっと領主になるために頑張っていたのに跡継ぎから外され、九歳から婚約していたブルーノはフルールに奪われ、自力で婚約者を見つけられなかった時には家から出て行く約束をしていた。

貴族令嬢が一人で暮らしていけるわけもないのに、お父様もフルールも平気で私を家から追い出そうとしていた。むしろそれを楽しそうに笑っていたのだ。

だから、神の加護がラポワリー家に使われなくなった？　私が侯爵家から出て行くことを決意したから？

今まで神の加護を軽く考えていたのかもしれない。役に立たないと思っていたから、こんなに影響があるなんて思いもしなかった。怖い……これから私の行動で飢《う》える領民が出てくるかもしれない。

「あぁ、もう。そんな話は落ち着いてからにしよう。叔父上、書類を提出してこないといけないんじゃないか？」

「そうだった。ちょっと行ってくるよ。待っていて」

お義父様は私に向かって微笑むと応接室から出て行った。手続きが終わったらほっとして、でも少し緊張している。あの家を離れて、これから新しい自分になるんだ……。

気がついたら、ハルト様が私をのぞき込んでいた。目が合ったら、なぜか謝られる。

「ごめん」

「え？」

「俺はフェリシーに神の加護があることも知っていた」

「知っていたのですか？」

そういえば、私に神の加護があることはハルト様は知らないはずだった。それなのにお義父様との会話に何も言わなかった。知っていたから口を挟まなかったらしい。お義父様が話したのだろうか。

「聞いたわけじゃない。叔父上はさすがに言わなかった」

「え？　じゃあ、どうして？」

「俺も神の加護があるからわかるんだ。勝手に知ってしまって悪いと思ったけれど、言えば無理に聞き出すような気がして。フェリシーに言えなかった。隠していたんだろう？」

ハルト様に神の加護があるのはローゼリア様から聞いて知っていた。

どうして私には話してくれないのだろうと思っていたけれど、もしかして私が加護のことを言わなかったからハルト様も話せなかった？

「あの……もし、私に神の加護があるって話していたら、ハルト様も神の加護があると教えてくれていました？」

「それはもちろん話すよ。俺はフェリシーなら大丈夫だと思っているから」

「私なら大丈夫？」

どういう意味なのか聞き返したら、ハルト様は眼鏡を外してテーブルの上に置いた。深い闇のような黒目。見つめられると吸い込まれてしまいそうだ。私が勝手に目を離せなくなっているだけだとわかっているけれど。

「俺の神の加護は真贋《しんがん》だ」

「真贋？」

「真実が見える目とまがい物を正す力。こうして、真実を見ようとすると」

はっきりと目の色が変わった。血のような赤い色に。少しだけ光っているのか、目だけが浮き上がって見える。これがハルト様がもつ神の加護……

「今、何を見たんですか？」

「あぁ、やっぱりフェリシーはそうだよな」

ほっとしたように笑うハルト様に思わず首をかしげてしまう。今、何かおかしなことを言った？

「あぁ、ごめん。そうじゃないんだ。五歳になった頃、ローゼリアにこの目を見られて、気持ち悪いって泣かれたんだ」

「え？」

「ハルトが化け物になったって泣かれて、ローゼリアは高熱を出して寝込んだ。熱のせいでローゼリアは何も覚えていないようだけれど」

「ハルト様が化け物だなんてひどい」

「だから、いつもは眼鏡をかけて隠している。フェリシーは見た目で判断したりしないってわかってた。でも、本当にそういう風に言われるとやっぱりうれしくて」

さっきの笑いはうれしかったからなんだ。私がハルト様の赤い目を見ても怖がらなかったから。でも、そう言われても少しも怖く見えない。真っ赤な目もハルト様に似合っていて、素敵だと思って……

「え？　なんで顔が真っ赤になったの？」

「あ、あのっ……これ」

気がついてしまった。ハルト様にもらったネックレスが赤い宝石だったことに。何か緊張したり困った時に握りしめて勇気をもらっていた宝石。まさかハルト様の目の色だとは思わなかったから、部屋の鍵だと思って大事にしていた。だって、この国で目の色の宝石の首飾りなんて。

「あぁ、気がつかれてしまったか」

「ええ？」

私が焦っているのを見て、ハルト様はにやりと笑う。少し悪いような微笑みも素敵で見惚れてしまいそうになる。今は呑気に見惚れているような場合じゃないのに。

「俺の目の色の首飾り。もう受け取っていただろう？」

「受け取ったって、でも、あの⁉」

「意味はわかっているよな？」

「わかってって……」

　ハルト様の手が伸びてきて、さらりと私の髪をよける。私の首にかかったままのネックレスを引き出されると、赤い宝石が見える。やっぱりハルト様の目の色と全く同じだった。

「これを返したい？」

「返したいとかじゃなく、だって、このままだと私に求婚したことに」

「したんだよ。あの時、フェリシーを部屋に受け入れた時に」

「‼」

「王族である、俺専用の部屋だよ？　入れるように許可をするって、そのままの意味だと思わない？」

　王族の私室に入れる許可！　令嬢に出していたとしたら、それはもう婚約者以上の許可を与えたことになる。どうして気がつかなかったんだろう。王宮作法の教科書に書いてあったのに‼

「だって、あの時は初めて話した時で」

「ずっと話しかけたかった。隣で頑張っているフェリシーに」

「私っ、勉強しかしていなくて」

「勉強中に悩むと小声でんんーってもれているのが可愛くて」

「か、可愛い？」

「問題が解けたら、少しだけ目が笑うんだ。フェリシーの気持ちが俺にだけわかるのが本当に可愛いと思った」

私が？　可愛いだなんて初めて言われた。どうしよう。ハルト様が頬にふれるのが嫌じゃない。

「フェリシー・アルヴィエ、俺をフェリシーの騎士にしてほしい」

「ハルト様を私の騎士に？」

「生涯かけてフェリシーを守ると誓う。俺と婚約してくれないか？」

ハルト様と婚約？　……私が？

「逃げないで。俺が嫌か？」

「嫌じゃない、です」

「嫌じゃないなら、いいな？」

「……はい」

真剣な顔のハルト様に断りきれなくなる。こんな風に見つめられて、ささやくように求婚されてしまったら、うれしいと思う自分の気持ちを誤魔化せない。

小さな声で受け入れたら、ハルト様が泣きそうな顔で笑う。そのままゆっくりと顔が近づいてきて、くちづけされる？　と思った時に、後ろから低い声が聞こえた。

「ハルト……私の娘に何をしようとしているのかな？」

振り返って見たら、眉間にしわをよせているお義父様がいた。いつの間に部屋に入って来ていたのか気がつかなかった。

「ちっ。もう来ちゃったのか。残念」

「え？　あの？」

　お義父様が来たからもう離してくれるだろうと思ったのに、ハルト様は私の額にくちづけてから離れた。

「ハルト！」

「わかったよ。正式に婚約するまでは何もしない」

「え？」

「なんだ、もう求婚したのか。フェリシー、それでいいのか？」

　呆れたようにため息をついたお義父様に、私こそ疑問で聞き返してしまう。

「あの、ハルト様と婚約して、いいのでしょうか？」

「いいって、何が？」

「だって、本当に私でいいのか不思議で」

「公爵家としていいのか、ということであれば問題ない。ハルトがもともとアルヴィエ家を継ぐ予定だからな。フェリシーを妻にするか妹にするかの違いでしかない。結婚して継いでくれるのであれば、それが一番いい。フェリシーをどこかに嫁がせるのは嫌だからな」

「フェリシーはどこにもやらない。俺の妻にする」

「なら、私は問題ない。ハルトもフェリシーも家族でいられる」

そう言われてみたらそうだった。お義父様の跡を継ぐのはハルト様だった。これからハルト様が養子になったら、私は妹になって邪魔になってしまう。お義父様にとっては私たちが結婚したほうが都合がいい。もしかして、ハルト様にとっても……

「違うからな？」

「ハルト様？」

「都合がいいからじゃないからな。まぁ、ゆっくりわかってもらうつもりだから覚悟してくれ」

「はい？」

覚悟って何だろうと思いつつ、ハルト様は手を離してくれない。お義父様に助けを求めようとしたけれど、のんびりと首を横に振られる。婚約するって、こういうことなのかな。ブルーノとは一度も手をつながなかった。こんなに近づいて胸が痛くなるような思いもなかった。

「とりあえず、正式に婚約できるのは半年後だぞ」

「え？　なんでだよ」

「フェリシーは養女になったばかりだ。養女になった者は半年後でなければ婚約できないことになっている」

「あーそうだった。仕方ないか。求婚を受けてもらっただけで今は満足するよ」

この国の貴族法では爵位が上の家の養女となった場合、半年間様子を見ることが義務づけられている。これは貴族としての品位を保つためのもので正式に戸籍を認められるのは半年後になる。

そっか。急に婚約だなんて言われて慌てたけれど、婚約できるようになるのは半年後なんだ。

ほっとしたけれど、残念な気もする。

「じゃあ、帰ろうか」

「帰る？」

「叔父上の屋敷には俺の部屋もあるんだよ。だから、一緒に帰ろう？」

「はい」

どうやらハルト様もアルヴィエ公爵家の屋敷で暮らすことになったらしい。急にいろんなことが変わって、気持ちがふわふわして落ち着かないけれど、今日からはお義父様とハルト様が一緒にいてくれる。そのことがうれしくて、心が温かく感じる。

三人で馬車に乗って屋敷に着いた時はもう夜遅くになっていた。夕食を三人で食べ、侍女の手を借りて湯あみをし、私のために用意されていた可愛らしい部屋の寝台で眠る。何もかもが幸せすぎて、その日は久しぶりに夢も見ずにぐっすり眠れた。

第六章 ✦ 公爵令嬢フェリシーの新生活

アルヴィエ公爵家の養女になった翌日、目が覚めたら日は高くなっていた。学園は休むように言われていたから、私が起きるまで放っておかれたのかもしれない。

「お目覚めですか？」

「え？　どうして？」

起きた私に声をかけたのはミランだった。ラポワリー侯爵家の侍女服ではなく、アルヴィエ公爵家の侍女服を着ている。

「ふふ。旦那様から説明があると思います」

「旦那様って、お義父様？」

「はい」

どういうことなのと思いながらも着替え、食事室に向かうとお義父様とハルト様はもうすでに食事を終えてお茶を飲んでいる。ずいぶんと寝坊してしまったらしい。

「寝坊してしまって」

「いいんだよ、ゆっくり寝かせるように言ったのは私だ。それにたいして待っていないよ。なぁ、ハルト」

「ああ、大丈夫だよ。ゆっくり寝れたようだな。顔色がだいぶ良くなっている」

二人とも気にしていないようで、ほっとする。

席に着くと、すぐに私の分の朝食が運ばれてきた。まだ温かいのか湯気が見える。もったりとした黄色いスープを飲むと南瓜《かぼちゃ》のポタージュだった。甘さと塩味が絶妙で頬を押さえたくなる。

「ここの食事は口に合うようだな」

「はい。とても美味しいです」

「ここは叔父上が王宮から人を引っ張ってくるから優秀な者がそろっているんだ。料理人も王宮よりも腕がいい」

言われてみれば昨日の夕食も美味しかった。王宮から人を引っ張ってきていいのかという疑問はあるけれど、陛下が問題にしていないのであればいいのかな。

「あの、起きたらミランがいたのですけれど？」

「あぁ、ミランはフェリシーの専属侍女にする予定だ。食事中ではあるが、入っておいで」

どうしてミランがと聞こうと思っていたが、それよりも先にお義父様が誰かを部屋に招き入れる。部屋に入ってきたのは、ベン、リリー先生、ミラン、ララだった。

「ええ？　どうして⁉」

「昨年から様子がおかしいのに気がついて、調べるために人を侯爵家に送った。まずはあやしまれないように下働きのララ。その報告を聞いてから、リリー夫人に教師として入ってもらった。そして、フルールの暴走を止めるためにミランに動いてもらっていた。何人か他にも送っているが、それは報告のために残している」

「リリー先生とミランとララはお義父様の指示だったのですか。だから、あんなにも私のために動いてくれたのですね」

「いいえ、フェリシー様。ヨハン様にお願いされましたけど、フェリシー様の熱心さに心打たれ、つい教えるのに力が入りすぎましたわ」

にっこり笑ったリリー先生はいたずらが成功したように説明した。

「王宮女官の所作はすぐに覚えてしまわれたので、ついうっかり王子妃の教育まで済ませてしまいましたもの」

「王子妃？」

「なんだリリー夫人、今からお願いするつもりだったんだが、フェリシーの王子妃教育はもう終わっているのか？」

「はい。もうとっくに終わっていますわ。公爵家の養女にするおつもりだと聞いて、ハルト様の妃にするのだと思いまして」

あれは王宮女官になるための授業ではなかった？　厳しく指導してほしいとお願いしていたから、どれほど厳しくされても当然だと思っていた。

「さすがだな、リリー先生」

「ハルト様もリリー先生とお知り合いなのですか？」

「リリー先生は、母上の王妃教育を担当した教師だよ。シャルロット義姉《あね》上の王太子妃教育も担当していた。だから、叔父上にお願いしてフェリシーにつけてもらおうと思ってたんだけど」

「王妃様とシャルロット様の……」

まさか王妃教育の担当教師だったとは。私が驚いているのにも関わらず、リリー先生は楽しそうに笑うだけ。

「卒業まで授業は続けましょうね。と言っても、後は王子妃の心構えとかそういう座学だけですけれど」

「え？　私、王子妃になるんですか？」

ハルト様と婚約することは承諾したけれど、このアルヴィエ公爵家を継ぐのでは？

「あぁ、一応はそうなるな。公爵家を継いだとしても、兄上に王子が産まれるまでは王族から外れられないから。一時的にフェリシーは王子妃になる」

「えええ？」

「大丈夫ですよ。フェリシー様なら問題ありません」

リリー先生がそう言ってくれるのなら大丈夫だと信じたいけれど。あぁ、そういえば、どうしてベンまでここにいるのだろう。

「お義父様、先生とミランとララがここにいる理由はわかりました。でも、ベンはどうしてここに？」

「ベンは優秀だから引っ張って来ちゃった」

「え？」

「ベンは優秀すぎて侯爵家にはもったいないだろう？　うちの使用人たちが忙しくて手が足りな

いって言うから、ちょうどいいなって」

ベンが優秀なのはわかるけど、引っ張って来ちゃったって。もしかして、王宮から引っ張って来たのもこんな感じで連れて来ている？　神妙な顔しているベンに、本当にいいのか確認する。

「ベンは侯爵家を辞めてしまってもいいの？」

「はい。はっきり申し上げまして、あの家はもう駄目だと思います。先代が亡くなって契約が切れた後も私が侯爵家に残っていたのは、お嬢様がいらしたからです。お嬢様が家を出るというのなら、私も一緒に。公爵家でまたお仕えしてもよろしいでしょうか？」

「ありがとう、ベン。これからもよろしくね」

「はい」

ベンがいなくなった後のラポワリー家がどうなるかはわからない。新しい家令を雇うにしても、すぐにはうまくいかないはずだ。だけど、ラポワリー家から離れた私が心配することではない。

「ララは一度分家のほうで修行させるけど、将来的にはフェリシーの専属侍女にする予定だよ」

「フェリシー様、すぐに修行を終わらせてきます！　待っていてください！」

「ええ、待っているわ。頑張ってね、ララ」

「はい！」

いつものようにララが元気よく返事をしてくれる。まだ幼いララをこのまま侍女にすることは難しい。修行が終わる頃には、ララも素敵な女性になっていることだろう。

ベンもララもあの家に置いておくのは心配だった。その心配がなくなって、はっきりとラポワリー家との縁が切れた気がした。もうあの家に私を心配してくれる人はいない。なら、私もあの家を心配する義務はないはずだ。

朝食を終え、ミランが淹れてくれたお茶を飲む。昨日から住み始めた家なのに、ここが私の家だと思える。お義父様とハルト様。ベンにミランにララ。そしてリリー先生。新しい自分の生活だけど、支えてくれる人がこんなにもいる。

「お義父様、私はいつから学園に通えばいいでしょうか？」

「手続きは終わっているから明日からでも通えるけれど、ゆっくり休んでもいいんだよ？」

「いえ、公爵家の者として、学園を休むようなことはしたくないのです」

「そうか。わかったよ、許可しよう。ハルト、フェリシーを任せたよ」

「わかってる。フェリシー、明日からは一緒に行こう」

「ハルト様と一緒に通うのですか？」

「婚約するんだから当然だろう？」

「ふふ。そうですね。よろしくお願いします」


次の日、学園に行く準備を終えて馬車に乗り込む。アルヴィエ公爵家が使う馬車は王族用で大きくて一人では乗り込めないが、これから毎日この馬車に乗るのだと思えば慣れるしかない。

ハルト様の手を借りて乗ろうとすると、後ろから抱きかかえられて馬車に乗せられる。いくらなんでもこれは子ども扱いではないだろうか。他の令嬢に比べたら小さいほうではあるが、まだ成長は止まっていない。すぐに人並まで大きくなるはずだ。

「ハルト様、毎回こうして抱き上げて乗せるつもりですか？」

「そうだけど？」

「……恥ずかしいのでやめてください」

「そうか？　考えておくよ」

まさかそんなことはしないだろうと注意したら、ハルト様は上機嫌で肯定する。それほど時間はかからずに学園に着いたが、降りる時も抱きかかえられる。もしかして、これから毎回こんな風に降ろすつもりなんだろうか。考えておくと言ったのはなんだったのか。

学園の馬車置き場は身分によって三か所にわけられている。王族と公爵家、侯爵家と伯爵家、そして子爵家以下の家に。

エミール王子とフルールは侯爵家の馬車置き場を使っていると聞いたので、ここで会うことはないと油断していた。馬車から降ろされた途端、聞き覚えのある声で叫ばれる。

「ちょっと！　何しているの！」

「え？」

驚いて振り返ったらローゼリア様がわなわなと震えていた。忘れていた。ローゼリア様も同じ馬車置き場を使うんだった。どうやら馬車から抱きかかえられて降りたところを見られたらしい。

「ハルト！　フェリシーをどうする気なのよ！　離しなさい！」

「朝からうるさいな、ローゼリア。婚約者を大事にしているだけだ。それなら問題ないだろう」

「はぁ⁇　婚約者？」

「まぁ、正式なのは半年後だけど、許可はもらってる」

そういえば、ローゼリア様はハルト様と婚約したがっていた。私はその邪魔をしてしまったわけで、怒られるかもしれない。そう思って覚悟をしたのに、ローゼリア様の怒りはハルト様に向けられていた。

「フェリシー、あなた脅されているの⁉」

「え？」

「ハルト！　いくらフェリシーがおとなしくて素直だったとしても、無理やり婚約を承諾させるなんて許されないわよ！」

「そんなことしてない」

「信じられるものですか！　だって、フェリシーと一度も話したことなかったじゃない！」

「あ」

それはそうだった。ハルト様とは教室内で一度も話していない。隠し部屋以外で一緒にいたのはカフェテリアの一件だけだ。あの時ですらハルト様とは話していないということになっている。

それなのに婚約したとなれば、王族からの命令だと思われることに……はならないよね。王命で無理やり婚約だなんて美しいフルールならともかく。それでも疑問に思われるのは間違いなかった。

「ローゼリア様、今までハルト様と仲良くしていたようには見えないと思いますが、無理やり言うことをきかされたとかはありません。自分の意思で婚約をお受けいたしました」

「いいの？　こんな腹黒で口の悪い男で」

「ええ、とても誠実で優しい方だと思います。私ではハルト様の婚約者にふさわしくないと」

「え？　違うわよ。逆よ、逆」

逆とは？　第三王子でもあるハルト様が私にふさわしくないと思われるわけはないし。どういう意味だろうと思っていたら、ハルト様が口を挟む。

「たしかに俺にはもったいないくらいの素晴らしい令嬢だが」

「そんなことありません！　むしろ、私でいいのかと不安で」

「あなたやっぱり騙《だま》されているのね？」

「違いますよ？」

どうしても信じてくれないローゼリア様に思わず笑ってしまう。

「フェリシー、そんな可愛い顔でローゼリアに笑いかけなくていい」

「ええ？　可愛くなんてありません」

「何を言っているんだ。可愛かっただろう」

真贋の目を持つはずなのに、ハルト様の美的感覚はおかしいらしい。求婚されてからずっとこの調子で、どうしていいかわからなくなる。それまで一度も可愛いと言われたことがなかったのに、もう何度言われたかわからないくらい可愛いと言われている。

それだけでなく、私を見る目がこれまでになく優しい。今までも優しいと思っていたのだけれど、全く違うように見えるのはなぜだろう。

「あぁ、はい。何となく理解したわ。ハルトが惚れ込んで、フェリシーが絆《ほだ》されたのね」

「納得したなら、もういいだろう。フェリシーにからむなよ」

「フェリシーにからんでるんじゃないわよ。ハルトから守ろうとしたのよ。だって……友人ですもの」

　ローゼリア様は私を心配して守ろうとしてくれたらしい。それに、私のことを友人だなんて。

　真っ赤な顔しているローゼリア様に、うれしくなって駆け寄る。

「心配してくれてありがとうございます。でも、ハルト様のことは大丈夫です」

「フェリシーがそう言うならハルトを許してあげるわ。あと、ハルトと婚約するのなら身分は私よりも上になるでしょ。ローゼリアと呼んでもいいわよ……」

「ふふ。ありがとうございます、ローゼリア」

　恥ずかしくなったのか、ローゼリアの声がだんだん小さくなる。身分が変わったことでどう接していいのか悩んでいたけれど、友人という形で落ち着きそうだ。二人で笑い合っていたら、後ろから拗ねたような声が聞こえた。

「フェリシー、授業が始まるから行こう。ほら」

「あ、はい」

「行き先は一緒でしょうに。フェリシー、行きましょう」

　二人に手を差し出され、どちらの手を取っていいか迷う。結果、どちらも選べずに両手をつなぐ形で廊下を歩く。

誰かに会ったらどうしようかと思ったけれど、A教室へは専用通路になっていたので、誰ともすれ違うことなく教室に着くことができた。それでも教室へ入ったとたん、私たちを見た令息たちがざわめく。

「え？　なんでラポワリー侯爵令嬢が二人と手をつないでいるんだ？」

「ハルト王子とジョフレ公爵令嬢と手を⁉」

「何が起きたんだ？」

遠巻きにしてこちらを見て騒いでいる令息たちに、ハルト様は少し大きな声で説明をする。

「フェリシーは、ヨハン叔父上の養女となってフェリシー・アルヴィエになった。正式なお披露目はまだだから、あまり騒がないように。あと、俺と婚約する予定になっている」

その言葉に一瞬静まり返った後、大騒ぎになる。ハルト様が令息たちに質問責めにあう中、誰かが私を引っ張って輪の外に出してくれる。離れたところで息を吐いて、連れ出してくれた人を見たらローゼリアだった。

「ハルトって、意外と令息たちに慕《した》われているのよね」

「そうなんですか？」

「面倒見がいいというか、困っている時に手を差し伸べるのがうまいのよ」

「あぁ、なるほど」

ハルト様は真贋の目のせいで、令息たちが困っていることがわかる。例えば、怪我をしているのを隠そうとしていても一目で気がつくらしい。知らないふりもできるのに、手を差し伸べるのはハルト様らしい。王族の仕事もあって忙しいだろうに、これだけの令息たちを助けて来たのか。

「ところで、フェリシー。ヨハン様の養女になって、あの家から出たの？」

「はい」

「それって、あの女は何も文句を言わなかったの？　自分よりもフェリシーの身分が上になるなんて許さなそうだけど」

「それが、一昨日《おととい》家に帰らずにそのまま養女になりましたので、おそらく気がつかれていないと思います」

「はぁ？　帰ってないのに気がつかれないって、どういうことなのよ」

普通ならそう思うのが当然。令嬢が家に帰ってこないなんて、大騒ぎするほどの事件だ。だけど、ベンは侯爵家を辞めてしまっているし、ララもミランもいない。使用人の誰かが気がついたとしても、そのことをお父様たちに話すことはないと思う。

「本邸ではなくて離れに住んでいましたし、ずっと放っておかれていましたから。私がいなくても誰も気がつかないと思います」

「……完全に虐待じゃないの、それ」

「何人かの使用人が助けてくれていたんですけど、お義父様がその使用人も引き取ってくださったので。あの家にはもう私のことを気にする人は残っていないんです」

「そう。じゃあ、気がついた後で文句を言ってくる可能性があるわね。何かあったらすぐに私にも話すのよ？　ヨハン様とハルトが助けるだろうけど、女性だけの時もあるわ。油断しないで、必ず私に言って」

「はい、ありがとうございます」

女性しかいない場。これから社交界に出て行くとしたら避けられない。おそらく女性だけの社交界はフルールが力を持っている。何かあれば、ローゼリアの助けが必要になるだろう。だけれど、友人だと思ってくれているのはうれしいが、どうしても引っかかる。ローゼリアはハルト様と結婚したがっていたのに、怒っていないのかな。

「あの、ローゼリアはハルト様と婚約したかったのではないのですか？」

「もうフェリシーったら。普通に話していいのよ？」

「ええと、うん。頑張る、ね」

普通に話すって言われても難しい。言い方がおかしかったのか、ローゼリアはふふっと笑った。怒ってないみたい？

「そうね、ハルトと婚約したらちょうどいいと思ったのよ。あの女よりも身分が下になるのは嫌だったし。お父様にはずっと王太子妃になるんだって言われて育ってきたのに、急にダメになってしまって苦しかったというのもあるわ。ハルトなら相手もいないだろうし、無理やりでも押し切ってしまえば婚約してくれるかと思ったけれど」

「ハルト様と婚約したかったわけじゃ」

「ないわね。だから安心していいわ。ハルトのことが好きなわけじゃないし、婚約しているのに割り込んでいくような恥知らずじゃないから。婚約相手はそのうち見つかるでしょ」

「ローゼリアならすぐに見つかると思うわ」

「でしょう？　だから、気にしないで幸せになりなさい」

「ありがとう」

幸せになりなさいと言った時のローゼリアの笑顔が、まぶしいほどに綺麗で裏表のない気持ちだとわかる。

騒ぎがおさまらないうちに先生が教室に入って来て授業が始まる。さすがにA教室なだけあって、授業が始まればみんな集中している。昼休みになる頃には令息たちの気持ちも落ち着いたようだった。

「フェリシー、食事に行こう」

「どこに行くのですか？」

「俺専用の個室」

ハルト様に連れて行かれたのは、食堂の奥にある個室だった。食堂に入るのも初めてで、キョロキョロしていたら手をひかれる。ハルト様専用の個室の中はテーブルと椅子が二脚だけ。隠し部屋よりも狭い部屋だが、食事用の個室としては広い。

「こんな場所があったのですね」

「いつもは使っていなかったんだ。隠し部屋のほうに食事を運んでもらっていたからな」

「隠し部屋のほうでも良かったのでは？」

「昼と帰り、毎日俺とフェリシーで書庫に入って行ってたら目立つだろう？　隠し部屋はバレたくないし、かといってフェリシーと離れるのも嫌だし」

「あぁ、そうですね。目立ちますよね」

廊下でも私とハルト様が歩いていると目立っていた。ハルト様の隣にいるのが私だとわかるとにらみつけてくる令嬢もいた。毎日一緒にいたら、隠し部屋が知られてしまうかもしれない。

「だから、昼はここで食べることにしよう。帰りは図書室にいる学生が少ないし、何とかなるだろう」

「わかりました」

用意された食事は美味しくて、聞いてみたら特別に作らせているものらしい。これらもすべてお義父様が用意してくれたと聞いて、後でお礼を言わなきゃと思う。

「叔父上はフェリシーを太らせたいんだよ」

「太る？」

「今までちゃんとしたものを食べていなかったんだろうって」

「それなりに食べてはいたんですけど」

「嘘だろう。焼き菓子をあんなに美味しそうに食べておいて」

「うう……」

令嬢としては質素な食事だったかもしれないし、ガリガリに痩せているのも事実だ。なんとなく悔しいけれど、美味しいものを食べられるのはうれしい。黙って食べていたら、ハルト様が給仕に甘いものをお願いしていた。

「甘いものが好きなんですか？」

「いや、フェリシーのだよ。ほら」

「え。あ、ありがとうございます？」

目の前に運ばれてきた林檎の砂糖煮と氷菓を口に運ぶ。沁みるような甘さに頬を押さえたら、またハルト様が笑っている。

「もう、何ですか？」

「ごめん、ごめん。いっぱい食べていいよ」

笑いながらも私を見る目を外さないハルト様に、怒りたくなるけれど甘いものに騙される。餌付けされているような気がしたけれど、美味しいから文句は言わないでおいた。


授業が終わってハルト様と図書室に向かう。ローゼリアはそのことには何も言わず、手を振って帰っていった。

昼休みと違って図書室には人が少ない。もともと授業が終われば普通の学生が学園に残る理由はない。貧しい学生が家庭教師を雇えず図書室で勉強している場合があるが、それも少数しかいないため気にするほどではない。

隠し部屋に入ると、一人の男性が待ち構えていた。どこかで見たことのあるような気もするが、誰だっただろうか。金髪に紫目、それほど背は高くなく、穏やかに微笑む男性。

「ラディ、どうかしたのか？」

「はい。挨拶しておくようにとヨハン様から言われまして」

「あぁ、そうか。そうだな」

どうやらハルト様の知り合いらしい。お義父様に言われて挨拶に来たって、私に会いに来たのかな。

「ラディス・リクールと申します。ハルト様の秘書官をつとめております」

「あ、フェリシー・アルヴィエです。よろしくお願いします……秘書官ですか？」

聞き慣れない役職をハルト様に聞いてみる。王宮文官にそういう役職はなかったと思うけれど。

リクール家は有名な家だったはずだけれど思い出せない。リリー先生から貴族家について一通り習って覚えはしたが、一度も会ったことのない貴族を全員覚えるというのは難しい。覚えたはずなのに、思い出すのに時間がかかる。

「秘書官というのは王子につく役職だ。神託の儀式を終えた王子に、国王が秘書官を一人選んでつける。成人した後は側近の一人として公表されるから、秘書官という役職は表にでない。王子が十二歳になってから成人するまでの補佐のようなものだな」

「そういう役職があったのですね。では、ラディス様はハルト様の側近になるのですね」

「そうなるな。他の側近候補はまだいないんだが。秘書官だけは国王が選ぶが、他の側近は自分で選んでいいことになっている。まぁ、ラディはいわば王子の監視役と言うかお目付け役というか？」

「別にハルト様を監視なんてしていませんよ。フェリシー様、王子は十二歳になれば仕事を持ちます。その仕事の手伝いをするのが秘書官なのです」

「そうなのですね」

私たちよりも一回りは上の年齢だろうか。落ち着いた感じの話し方で、ハルト様と仲が良さそうだ。ハルト様も監視役とか言っている割には嫌がっているようには見えない。

「ラディには兄がいて、そっちは兄上の秘書官になっている」

「兄はエディスと申します」

「そう、兄弟で王子の秘書官をつとめているの……そういえばリクール家って宰相の？」

「はい。父です」

「なるほど」

やっと思い出せた。リクール伯爵家は領地なしの貴族家で現宰相の家だった。領地に紐づけして覚えることができない王宮貴族は覚えるのが難しい。

王子妃になるのなら王宮貴族に関わらないわけにはいかないし、しっかり覚えなおしておいたほうがよさそうだと反省する。宰相の息子であれば王子二人の側近につけられるのもわかる。王太子様についているエディス様は宰相候補でもあるのだろうし。

「それで、挨拶だけに来たのか？」

「あ、いいえ。リリー先生からも頼まれていまして」

「リリー先生から？」

「はい。フェリシー様に書物をお渡しするようにと。時間が空いた時でいいので、こうした本を読んでおいてほしいそうです」

ラディス様の視線の先には本が何冊か積み上げられていた。言われてみれば、私は隠し部屋に来て何をする気だったのだろうか。もう王宮女官の試験勉強をする必要はなくなったのに。

「ありがとうございますと先生にお伝えください」

「はい。何かあったらすぐにお呼びください。そこで働いていますので」

「そこで働いている？」

秘書官としてハルト様についているのに、そこで働いているとはどういうことなのかと思ったら、ハルト様が説明してくれる。

「ラディは表向きは図書室の司書ということになっているんだ。俺の仕事のことは公表していないし、秘書官も公表していない。だから、ここに出入りしてもあやしまれないように」

「あぁ、見覚えがあると思ったら、司書の方でしたか」

「この隠し部屋は司書室と学園長室ともつながっている。食事の後片づけやお茶菓子の用意をしているのもラディだ」

「本来は侍女の仕事なんですけれどね。ハルト様が嫌がるので、仕方なくですけれど」

今までこの部屋に誰か入っているとは思っていたが、ラディス様だったらしい。侍女の仕事までさせられてとぼやいているけれど、全然嫌そうに聞こえない。穏やかな性格がそうさせているのか、周りを和《なご》ませてくれる。

「それでは、司書の仕事に戻ります。何かあったら呼んでください」

「ああ」

「ありがとうございます」

　にっこり笑ってラディス様が司書室へと消えた後、二人でお茶を飲んで休憩する。いつものように少しだけ休んだら仕事を始めるのかと思っていたら、ハルト様は思い出したように一昨日学園にいなかった時のことを話し始めた。

「ローゼリアが朝から大騒ぎしていただろう。エミールがフルールと登校したって。気になって王宮に戻ったんだ。父上も知らなかったようで驚いていたよ」

「え？　それで午後の授業はいなかったのですか。二人は婚約するのでしょうか？」

　フルールも王子妃になるとしたら交流は避けられない。

　私は公爵家にいるので一緒に住むことにはならなそうだけど、公式の場、夜会などでは王族席で一緒にいなければいけない。それを考えると憂鬱になってしまいそうで、息を吐いて自分を落ち着かせようとする。

「いや、確認したところ婚約はしないそうだ。これは公表されていないことだが、エミールの母である側妃は正式な妃じゃないんだ」

「え？　正式な妃じゃない？」

「兄上は産まれてすぐの頃は身体が弱くてね、母上は心配でよく看病していたそうなんだ。ある時の夜会、兄上が高熱を出していたため母上は早くに退席して、父上だけが残っていた。その時、父上は薬を盛られたようで……媚薬系のものを」

「まぁ……」

「今となっては禁止薬物になっているが、その頃は禁止されていなかった。父上は知らない間に飲まされ、気がついたら側妃と部屋にこもっていた。側妃は当時まだ学生の令嬢だった。妖精のように美しいと有名な令嬢だったが、力のない伯爵家だったことで王子妃になるような身分でもなかった。だが、父上が一夜を共にしてしまったことで、急に側妃になることが決まった」

「そんなことがあったのですか。でもなぜ、正式ではないのですか？」

力がないとはいえ、伯爵家は伯爵家。身分としては問題ないはず。嫁ぐ準備などは生家が用立てなくてはならないので伯爵家では難しいこともあるけれど、そういう事情があれば陛下の個人資産を使うこともできる。経済的な問題かと思って聞いてみたが、そうではなかった。

「妃として認められるのは、王子妃教育を終えた者だけだからだ」

「王子妃教育？」

「だから、側妃になるために王子妃教育が始まったそうだが、勉強が苦手な側妃は王子妃教育から泣いて逃げてしまった」

「泣いて逃げた……」

まるでフルールみたいだわ。そう思ったのがハルト様に伝わったらしく、ふっと笑われる。

「フルールに似ているだろう？　まぁ、そんな感じで側妃になる日までに終わらせることはできなかった。そのため王宮に部屋を持たせることは許されず、敷地内にある離宮にいる。数代前に愛人を何人も囲っていた国王が建てたものだ」

　愛人たちのために建てられた離宮に側妃様が。正式な妃ではない以上、王宮内に部屋を持てないというのはわかるけど、そんな扱われ方をされて嫌じゃないのかな。

「何度も側妃に王子妃教育を受けるように指示したそうだけど、その度に無理だと泣いて逃げているらしいよ」

「あぁ、そうなのですか。それでは仕方ないですね」

「そして、それはエミールもなんだ」

「え？」

「エミールは王子教育を終わらせていない。側妃が愛人の扱いだとしても、エミールは国王の息子だ。王子教育を終えれば正式に王子として王宮に部屋を持てるはずだったんだが」

　正式に王子として？

「あの、エミール王子は王子ではないのですか？」

「王族ではあるが、正式な王子ではない。王位継承権が認められていないんだ」

「そんな……」

「だから、この状態で婚約したらエミールは侯爵家に婿入りすることになる。それをわかっているのか側妃に確認させたんだが、フルールは側妃の相談役として仕えさせていると」

「……はい？」

　ますますわからなくなってきた。エミール王子とあんなに仲が良さそうなのに、側妃様の相談役として仕えている？　あのフルールが人に仕えるなんて想像できないのだけれど。

「女神の加護の力が欲しいんだと思う。側妃は自分の容姿が妖精のようだと讃《たた》えられるのが好きらしい。年老いていくのを嘆《なげ》いていたそうだから、美しさを欲したんじゃないだろうか」

「あぁ、そういうことですか。ローゼリアが言っていました。お茶会ではいつもフルールが主役になると。フルールが気に入れば女神の加護を使ってくれるそうです」

「なるほどな。ただ、エミールと婚約する気がないのであれば、フルールが側妃に取り入って良いことがあるとは思えない。お金も権力も人望もない。王宮に入ってくることもままならないような人だ。フルールが何を考えているのかわからなくて怖いな」

　ため息をついてお茶を飲むハルト様に、巻き込んでしまって申し訳ないと感じる。私と関わらなければ、フルールと関わることもなかっただろうに。冷めてしまった紅茶が苦く感じる。いつのまにかうつむいてしまっていたのか、ハルト様が隣に座ったことに気がつかなかった。

「フェリシー。またそうやって一人で落ち込む」

「すみま」

「謝らない」

「はい……」

　言われたそばからため息をついてしまいそうになったら、両頬をハルト様の手で押さえられる。

「俺はフェリシーが好きだからそばにいる。それと、フルールの迷惑はフルールのせいだ。フェリシーのせいじゃない」

「え……あ、はい」

「……聞こえている？」

「聞こえてません……」

　両頬をハルト様の手で押さえられて、至近距離で話しかけられている。その上、好きだからそばにいるなんて言われたら、もうあとは何を言われたのか。

　ハルト様の眼鏡の奥の黒目が笑ったような気がした。鼻の上にくちづけされたと思ったら、ハルト様の腕の中に閉じ込められる。

「とりあえずは、フェリシーは悩まなくていいってこと。フェリシーがフルールの姉じゃなくても、エミールと側妃が関わっているのなら、この件は俺が対処しなくちゃいけないことなんだから」

「ハルト様が対処するんですか？」

「父上に対処させると母上が悲しむしね。厳《いか》つい顔しているけれど、気は弱いんだ。だから媚薬のせいで一夜を共にした令嬢を邪険にできなくて妃にしたけど、そのせいで母上を裏切ってしまったと泣いて謝っていたそうだから」

「そう、なんですね？」

　陛下が泣いて謝る……。想像できないけれど、それだけ王妃様が大事だってことだよね。

「側妃は今の立場に満足しているから、父上のお渡りがなくても平気らしいよ。むしろないことで好き勝手しているって感じだ」

「じゃあ、本当にフルールがどうして側妃様に近づいたのかわかりませんね」

「わからないけど、気をつける必要はあるな。そういえば、アレバロ家の令息は学園から謹慎処分を受けたよ」

「それはどのくらいの期間でしょうか？」

ブルーノが謹慎処分？　ハルト様に言われて思い出した。私に怪我をさせたことで学園から処分があるだろうと言われていた。自分よりも身分が上の令嬢を傷つけたことを考えれば軽い処分かもしれない。

「期間は……叔父上の気が済むまで？」

「え？　お義父様の？」

「叔父上が学園長なの知らなかった？」

「それは知りませんでした。入学式にも顔を出されていませんでしたよね？」

「うん、叔父上は人前に出るの嫌うからね。だけど王族が学園長になるのが決まりなんだ。兄上が今年成人したけれど、それまでは父上と叔父上だけだったから仕方なく。叔父上は神託の儀式もあるから、卒業後は俺が学園長になる予定だ」

「ええ！」

「だから、この隠し部屋は司書室と学園長室につながっているんだよ。将来的には学園長として出勤して、ここで仕事をすることになるから。俺の仕事を説明したことなかったよな。見てて？」

抱きしめられていた腕が離れると、少しだけ寒く感じる。恥ずかしくて私の体温があがってしまっていたからなのか、ハルト様の体温が感じられなくなるからなのかはわからない。

ほんの少しさみしいと思ってしまったのがわかったのか、ハルト様は笑っている。

「すぐに戻るよ。ただ、こればかりは見せないとわかりにくいと思って。フェリシーはいつも自分の勉強に集中していたから、俺がこっちで何をしていたのかは見ていないだろう？」

そういえば同じ部屋にいたけれど、ハルト様が何をしているのかは見ていない。いつも分厚い本を読んでいるなとは思っていたけれど、何の本だったのかもわからない。

ハルト様は眼鏡を外すと、書き物机に置いてあった本を一冊取る。題名を見ると、歴史書だろうか。昔のアリシエント王国の歴史が書かれたものらしい。それを開くとパラパラとめくっていく。気がつけば、ハルト様の目は真っ赤に変わっていた。

「あぁ、このページから嘘が書かれている」

「歴史書なのに嘘ですか？」

「歴史書が一番嘘が書かれていることが多いよ。その当時の王が命じたのか、後から書き直されたのかはわからないけれど。これを正しい歴史に直すのが俺の仕事」

ハルト様が嘘が書かれていると言ったページに手のひらをかざす。本から文字が浮き上がったかと思うと、別の文字に変わって、また本に戻っていく。文字が戻ったページにはさきほどとは違う歴史が書かれていた。

「すごい……こんな風に正しい歴史に書き換えられるなんて！」

「これが俺が神から授かった力と使命」

「使命？」

「そう。叔父上が神託された時に使命だと言われたようだよ。神の加護はそこにいるだけで周りに影響が出る者と、俺のようにそれを使ってやることを定められた者がいる。つまり、神が怒っているんだよ。この国の歴史書がめちゃくちゃなことに。それを正していくのが俺の使命ってわけ」

知らなかった。神の加護の説明自体ほとんど聞かなかったこともあるし、誰にも言わなかったことで教えてもらう機会もなかった。ハルト様の加護が使命だというのなら、私にも使命はないのだろうか。ただここでのんびり生きているだけでいいのだろうか。

考え始めたら、ハルト様が隣に戻って来て、また腕の中に引き寄せられる。さみしいとは思ったけれど、そんなにうれしそうに抱きしめなくても。

「フェリシーは、まだ何も考えなくていい。今はゆっくり休むための時間なんだ。まだ本来のフェリシーの姿を取り戻していないから」

「本来の姿？」

「少しなら俺の力で戻せるかな。見てて」

ハルト様が私の髪を一房取って手のひらにのせる。ミランが手入れしてくれたから、少しはマシに見えるけれどパサついた髪。灰色の艶のない髪だが、それをどうするつもりなんだろう。さきほどのようにハルト様が真贋の力を使うと、灰色の髪がゆっくりと変化していく。少しずつ艶

が出てきて、透き通るように綺麗になって……

「え？　灰色じゃない？」

「違うよ。フェリシーの本当の髪色は銀だ。ずっと美しさを妹に吸い取られていたんだと思う。だからパサついて栄養が足りてなくて、成長が遅れて灰色の髪になっていたんだ」

「フルールに美しさを吸い取られていた？　女神の加護があるのに？」

フルールには女神の加護があるはずなのに、どうして美しさを吸い取るだなんて。意味が分からなくて首をかしげたら、ハルト様が一瞬だけ悲しそうな顔をした。

「女神の加護は神の加護とは違うんだ。あれは女神の力なんかじゃない。本当は邪神の力なんだ」

「じゃしんってなんですか？」

「神といっても、たくさんの神が存在している。俺に加護を与えた神とフェリシーに加護を与えた神が別であるように。そして、神の中には人が苦しんでいるのを見て喜ぶような邪悪なものもいる。それが邪神なんだ」

邪神だなんて聞いたことがない。苦しんでいるのを見て喜ぶだなんて本当に神？　それならどうしてフルールは女神の加護だと喜んでいたの？　両親だって、数十年ぶりのことだって喜んでいて……。

「前回の女神の加護を受けたのは王女だった。とても美しい王女で、国王の末の娘だった。国王はその王女をとても可愛がっていて、邪神の加護だとわかった時に女神の加護を受けたと国民に公表した。美しさの加護なのだと言って」

「それって……」

「そう。これも歴史の改ざんにあたる。事実と違うのだから。でも、王女が死ぬまでそれで通した。誰も真実を知らないし、わざわざ違いましたなんて公表もしない。王族が嘘をついていたことを認めなくてはいけなくなるからな。だから、俺の仕事も公表できずにこうして隠し部屋でしている」

ようやくハルト様の仕事が公表されていないわけも、この部屋が隠し部屋でなくてはいけないことも理解できた。王家が主導で隠してきたことを正さなくてはいけない。王家も本当は許可したくなかったはずだ。だけど、お義父様が神の声を聞いた。歴史を正せ、と。

「いろんなことが理解できました。では、私は生まれてからずっと美しさを吸い取られていたのですか？」

「そうだと思う。フェリシーは豊穣の加護を持っている。だから、この程度で済んでいたのだろう。いや、違うかな。フェリシーから力を吸い取っていたから、フルールの力が強くなったのかもしれない」

「豊穣の加護の力のほうが上なのですか？」

「もちろん。とても強い力だよ。アレバロ家の令息も婚約者だった時には恩恵を受けていたはずだ。昔は痩せ過ぎて倒れそうな令息だったそうだな。それがいつのまにか鍛えられた身体になって、令嬢に騒がれるようになっていた」

「ええ、そうですね。先日会ったブルーノは昔に戻ったようでした。昔はもっと細くて、食べても太れないし、運動をしても筋肉がつかないから騎士にはなれないって。お父様が出世できないようなブルーノはフルールに会わせないようにと命令してきたくらいでした」

「なるほどね。豊穣の加護の力には、健やかな成長という力もある。ちなみに身体が弱かった兄上が健やかに成長できたのも、フェリシーが生まれたからだと言われている。あのままでは成人するどころか、学園に入る前に亡くなっていたそうだ」

「どうして会ったこともない王太子様が？」

「フェリシーが生まれてからこの国は豊作だというのは聞いたよな。国全体に影響があるくらいの強い加護だから、王家にもその恩恵があるんだよ」

「王家にまで……」

ブルーノだけでなく、王太子様まで。私の力の影響を受けていたと言われても実感はない。だけれど、たしかにブルーノは幼い頃とは違う姿に成長した。誰もが驚くほどの変化だった。あれが私の力の影響で、婚約を解消したことでその影響がなくなったのだとしたら。

「もしかして、ブルーノもフルールから美しさを吸い取られていました？」

「それはないかな。そうだったらもっと早くひどくなっていたはずだ。フェリシーの恩恵を受けなくなった後、フルールの力を使ってもらうことでなんとか身体を保っていたのだろう。用なしだと縁を切られたことで一気にやつれたんだと思う」

「フルールの力によって保っていたのなら、そのままでいられないのですか？」

「できない。……いつかわかることだから言うけど、邪神の力は永遠ではない。邪神は気まぐれだ。いつフルールが見放されるかもわからないんだ」

「見放される？　そんなことになれば……」

　フルールはおそらく自分自身にもその力を使っている。周りの令嬢や夫人にも。そして側妃様やエミール王子にも使っているはずだ。それが急に見放されたとしたら、全員がブルーノのようになってしまう？　そんなことになったら、美しさだけが誇りのフルールは生きていけるのだろうか。

「フェリシーが心配することはないよ。フルールには邪神の力だと説明してある。その力を使わないようにとも」

「フルールは知っているのですか？」

「神託の儀式の後、侯爵を呼んで説明したそうだ。女神ではなく邪神の力だと。それを聞いても使っているのなら、それはもうフルールの責任になる」

「どうして……邪神だとわかっているのに」

　お父様とフルールはずっと邪神の力だとわかっていた。知らないから使っているのかと思っていたのに、邪神だとわかっている力を他人に使うなんて信じられない。

「邪神の力が宿るのは、邪神と同じように自分勝手な性格の者だと言われている」

「自分勝手……」

「前回の王女は邪神の力だとわかった後も自分が使いたいように使った。邪神であっても神は神。

私は美しいから神に選ばれた、と」

「あぁ、フルールも同じことを言っていました……」

考えてみれば、フルールも自分勝手に力を使う気がした。今まで誰の言うことも聞かなかったフルール。私やハルト様が止《や》めるように言っても無駄だと思う。

「邪神の力を使い続けた王女は、最後は老婆のようになって、部屋から一歩も出られずに二十八歳で亡くなった」

「二十八歳なのに老婆だなんて」

あぁ、だからハルト様は悲しそうな顔をしていたのか。力を好き勝手に使ったフルールが、最後はどうなるか予想できているんだ。私が泣くかもしれないと思って悲しんでくれているんだ。

「教えてくれてありがとうございました。

「あぁ、それでいい。ゆっくりでいい。フェリシーの姿も、これからゆっくり変化していくはずだ。本来の姿を取り戻した時、答えが見えてくるかもしれない」

銀色になった髪の一部。こんな風に銀色の髪に戻るまで、答えを考えてみよう。

生まれてから十六年。仲良くはなくても双子としてそばにいた。私の豊穣の加護の力を奪って邪神の力を強めていたのならば、これからフルールにも影響が出てくる。その時に助けを求められたとしたら、私は迷うことなく切り捨てられるのだろうか。

第七章 ✦ 何かがおかしい（フルール視点）

王太子に近づくには王族と仲良くなればいいとミレーが言うから、学園に入って出会ったエミールと仲良くなることにした。たまたま隣の席だったせいもあるけれど、エミールの方から話しかけてきて、すぐに仲良くなった。

これで王太子妃になる夢が近づいたと喜んでいたけれど、エミールは側妃の息子で王妃の息子である王太子とは仲が良くないという。それでは王太子を紹介してもらうことができない。

仕方なく王太子の弟だというハルト王子に近づこうと、フェリシーの教室へと向かう。普段は何の役にも立たないけれど、同じ教室にいるなんてついている。

でも、使えないフェリシーはハルト王子と挨拶すらしたことがなかった。がっかりしながらも、昼休みに連れてくるように命じて自分の教室へと戻る。

すぐに紹介するように命じなかったのは、ハルト王子の隣に苦手な女がいるのに気がついたからだ。

ローゼリア・ジョフレ。私と共に王太子の婚約者候補に選ばれるに違いないと言われていた令嬢だ。幼い頃からお茶会に出るたびに名前は聞いていた。私とローゼリア、王太子の婚約者に選ばれるのはどちらになるのかと話題にされることは多かった。

十歳の時に他家主催のお茶会で顔を合わせ、ようやくローゼリアを見ることができた。顔立ちはそれなりに整ってはいても、髪は金色ではなく栗色。小柄なこともあって私の敵ではないと思った。

それでも筆頭公爵家で王妃の姪という身分は私よりも上で、王太子とは従兄弟だというのも面白くなかった。聞けば王宮に何度も招かれて王太子とは幼馴染の関係だという。まさかそれだけで王太子の婚約者に選ばれることはないと思うが、社交界ではローゼリアのほうが優勢だとされていた。だからこそ、ジョフレ公爵家のお茶会に招かれた時、私が王太子の婚約者にふさわしいことを見せつける予定だった。

ローゼリアは私のことが気に入らなかったようだ。私はローゼリアに何かしたわけではなく、いつものように隣に座る伯爵令嬢にフェリシーの悪口を言っていただけなのに。

「フェリシーお姉様は本当に意地悪だから、私が新しくドレスを作ってもらっても奪われてしまうの」

「まぁ、お可哀そうに」

同情してくれる伯爵令嬢にいかにフェリシーがひどいかを話し続けていたら、向かい側に座っていたローゼリアが冷たく指摘する。

「ドレスを奪われるって言うけど、フルール様はいつも新しいドレスを着ているそうね」

「え、ええ」

「ラポワリー家は奪われてもすぐに新しいドレスが用意できるの？　すごいのね」

「え……それは」

「それに、もう一人の令嬢は一度もお茶会に出席したことがないと聞いているけれど、そんな令嬢がドレスを奪ってどうするのかしら」

「どうするって……」

「いえ、ドレスって普段は着ないでしょう？　社交していないのに、そんなに毎回ドレスを奪ってどうするのか気になっただけよ。それにドレスを奪われたはずのフルール様が毎回新しいドレスを着ているのも。ラポワリー家ってそんなに裕福なのね」

今まで私に同情的だった令嬢たちが、怪しむような目で見てくる。本当は奪われてなんていない。いらなくなったドレスや服をフェリシーに押しつけて、お母様にはフェリシーに奪われたって言って新しいものを買ってもらっている。

だけど、事実はどうだっていい。フェリシーは顔だけじゃなく心まで醜くてひどい令嬢。それがお茶会で定番の話題なのに、ローゼリアはまるで私のほうがひどいように言う。その後も私がフェリシーのことを話すたびに、それはおかしいと指摘される。そのせいでお茶会が終わる頃には、周りの令嬢たちが私に同情することはなくなってしまっていた。

もう二度とジョフレ公爵家のお茶会は行くものかと思ったけれど、ジョフレ公爵家から招待状が来ることはなかった。あれはローゼリアが公爵夫人に私のことを悪く言ったからに違いない。王太子の婚約者候補である私を貶めたかったのだと気づき、悔しい思いをしたが、結局王太子が選んだのは私でもローゼリアでもなかった。

私を選ばなかったことには腹が立ったが、一度も会っていないのだから仕方がない。何度も会っているはずのローゼリアが選ばれなかったことは当然だと声を上げて笑った。それきり、ローゼリアとは関わることもないと思っていたけれど、同じ年齢だということを忘れていた。まさかハルト王子のそばにいるとは。

ハルト王子に近づくためには、あのローゼリアを警戒しなくてはいけない。だが、ローゼリアに気を取られて油断したせいで、私がフェリシーを脅したのを聞かれていた。

結局、ハルト王子には近づく前に拒否されてしまった。誰もが美しいという私をにらむように冷たく見る目に、こんな男はもういらないと思った。ローゼリアもいるし、フェリシーをかばうような男に用はない。

やはりエミールを使って王太子に近づかなくてはいけないのか。エミールに惚れられたら面倒だと思ったが、エミールの望みは私自身ではなく、女神の加護だった。それもエミールに使うのではなく、側妃である母親に使ってほしいという。そうすれば言うことを聞いてくれるというので、案外悪い関係ではなかった。

母親だけが大事だと言うエミールに気持ち悪さは感じたけれど、私の邪魔にならないのであればかまわない。必要なくなったブルーノとの婚約を解消して、あとは夜会で王太子に会うだけだと楽しみにしていたら、なんだか家の中がおかしなことになっているのに気がついた。

「今日は薔薇の気分じゃないわ。違うのにして」

「かしこまりました」

テーブルに置かれたお茶の匂いが気に入らなくて、ミレーに淹れ直すように命じる。

ミレーは社交界の情報を知るためにはちょうどよくても、もともとは侍女を使っていた側だ。お茶を淹れたり湯あみの手伝いなど侍女としての働きはいまいちだった。

「どうして今日は人が少ないの？」

「それが、急に辞める者がいたようで、屋敷内がバタついているようです。ミランも実家から呼び出されたとかで辞めてしまいまして」

「ミランも？　呼び出されたって何？」

ミランはここしばらく気に入って使っていた侍女だった。お茶を淹れさせても、ドレスや手土産を選ばせても、何をさせても上手だった。それなのに他の侍女とは違い、女神の加護の力を欲しがらないのも気に入っていた。

いつだったか、どうして欲しがらないのか聞いてみたら、「わたくしは美しいものを見るのが好きなのです。フルール様にお仕えできるだけで満足ですわ」と言っていたために、そういう人間もいるのかと納得した。

「ミランも元貴族のようです。父親が借金したまま失踪してしまったとかで。今回、嫁ぎ先が決まったと呼び出されていました。売り飛ばされたのでしょうね」

「まぁ、売り飛ばされる？」

「嫁ぎ先を聞いても、お母様の指示に従うだけだからと言っていました。貴族家に嫁ぐのであればフルール様に報告してから辞めるでしょうし」

「そうなの。それは残念だわ」

せっかく女神の加護を求めない従順な侍女が手に入ったと思ったのに。売り飛ばされてしまったのであれば仕方ない。最近ミレーも他の侍女たちも女神の加護を欲しがって面倒になってきた。これから側妃とエミールを使って、もっと社交界に力を持つ夫人たちを味方につけなくてはいけないというのに。

「あ、あの。フルール様」

「なぁに？　ミレー。私は考え事で忙しいのだけれど？」

「あ、はい。申し訳ありません」

どうせまたおねだりだろう。何度か女神の加護を使ってあげたけれど、ミレーはもっと若くなりたいらしい。侯爵家の嫡男と婚約していた頃に。その元婚約者は別の者と結婚したのはいいが、子ができなくて困っていると聞いた。よりを戻して愛人になるのか、侯爵夫人の座を奪い返すつもりなのかはわからないけれど。

肌や髪の艶を良くしても、元の顔立ちが変わることはない。女神の加護を使ったとしても、私のように美しくなるわけじゃないのに愚かだわ。

最近はこの力が少し弱くなった気がして、むやみに使うのは避けたかった。前は一日に何度でも使えたのに、今は二度か三度で使えなくなってしまう。自分の力が弱くなったというよりも、フェリシーに会う機会が少ないから光を奪えないせいだと思った。侍女や夫人たちから奪うだけでは足りなくなってきていた。

それにしても屋敷の中が騒がしい。人が辞めたことで侍女が不足しているというのなら、早く補充すればいいのに。私には厳しいから好きではないが、家令のベンが何とかするはずだ。お父様が領主の仕事も全部ベンに任せてしまっているせいで、私がいくら嫌ってもベンだけは辞めさせることができなかった。

　新しく淹れさせたお茶はやっぱり美味しくない。違う侍女を呼ぼうかと思ったけれどやめた。ミランがいないというのなら、他の誰を呼んでも同じようなものだ。今度、夫人たちの誰かに言って、美味しくお茶を淹れられる侍女でも用意させようと思いながらお茶を飲み干す。


　それから三日経っても屋敷の中は落ち着かなかった。お母様と夕食を取っていたら、顔色を変えたお父様が食事室に飛び込んできた。

「……どこにもいない」

「お父様、遅いから先に食べてたわ。いったいどうしたの？」

「ベンが、ベンがどこにもいないんだ！」

「ベン？」

「領地のほうに行っているのではないの？」

　どうしてベンがいないだけで騒いでいるのだろう。お母様もお父様の騒ぎようが理解できないようで、首をかしげて領地にいるのではと聞いた。ベンはお父様の代わりに領主の仕事をしているのだから、領地に顔を出しに行っていてもおかしくはない。

「違う……ここのところ使用人の数が少なくて困っていた。他の使用人に聞いてみたら辞めたというのでな？　ベンに新しい者を雇うように言おうとしたんだが、どこを探してもいない。執務室に行ったら、手紙が置いてあったんだ」

「手紙？」

「ここを辞めさせてもらうと。何日も前の日付だった……」

「は？　辞める？　そんな勝手に辞められるの？」

侯爵家を辞めるだなんて、お父様の許可もなしに許されるのか？　そう思って聞いたのに、お父様はへなへなと座り込んだ。

「あいつは……ベンは、俺とは契約していない」

「え？」

「ベンは父上と契約していたんだ。その父上ももう亡くなっている。家令としての契約はもう終了しているんだ。あいつはそれからも無給で働いてくれていたから、それでいいんだと思って契約していなかった」

「はぁ？　ただ働きさせていたのですか？　あのベンを？」

さすがにお母様も呆れたのか、お父様を責めるように強く言う。お祖父様が亡くなったのは私たちが三歳の頃。十三年も契約してなかったんだ。ただ働きで家令をしてくれてたなら、そのまますっと働いてくれていれば良かったのに。

まぁ、逃げちゃったのなら仕方ないけれど。

「お父様、お母様、いなくなってしまったものは仕方ないじゃない。新しい家令を雇えばいいわ」

「……ああ。雇えるだろうか」

「雇えなかったら、お父様が働けばいいでしょ？」

「無理だ。一度もやったことがないんだぞ？」

「じゃあ、頑張って新しい家令を探すしかないわね」

「ああ、そうだな」

お父様は落ち込んだ表情のまま部屋から出て行く。

「食事はいらないのかしら？」

「それどころじゃないのよ。フルールは気にしなくていいわ」

「はぁい」

まぁ、そうよね。私が気にすることじゃない。すぐに新しい家令が来て、この人手不足も解消するはず。

だが、ベンがいなくなってから二週間。人手不足はひどくなり、屋敷の中はずっと騒がしかった。

「もう！　何よ、このお茶！　美味しくないわ！　まともにお茶を淹れられる侍女はいないの⁉」

「フルール様、申し訳ありません！」

侍女が足りないからと言い訳するけれど、お茶の味は関係ないじゃない。私の世話もろくにできない者ばかりでイラついてしまう。

イラついているのが原因なのか、私の力も弱くなっているように感じる。そういえばずっとフェリシーと会っていない。仕方ない、そろそろ食事にフェリシーを呼んで光を奪わないと。

「……っ……手違い……いや」

「……？」

何の騒ぎだろう。お父様が大声で何かを否定している。誰と話しているのか気になって、応接室のドアをノックした。

「お父様？」

「フルール、どうしてここに！」

「だって、騒いでいるから気になるもの」

応接室にお父様といたのは見知らぬ男性二人だった。どちらも金髪で王宮文官の制服。文官の中でも上官なのか、近衛《このえ》騎士を連れている。まだ三十そこそこといった感じの男性は見目が良く、出世しそうな感じだ。きっと高位貴族出身に違いない。

それなら少しは相手にしてあげてもいいかもしれないと思って、にっこり笑って挨拶をする。

「フルール・ラポワリーよ」

「ああ、わかっている。用がないなら立ち去りなさい」

「……は？」

　この私が笑顔で挨拶してあげたというのに、男性たちは私に笑いかけもせずに、すぐにお父様へと顔を向けた。

「ですから、証拠はすべて陛下に提出済みです。今日は許可を得に来たわけじゃない。報告しに来ただけです」

「だが、これではあまりにも一方的すぎる！」

「一方的？　どこがですか？」

　なんなの？　男性は王宮からの使いらしい。お父様も興奮しているのか、私のことなど気にせずに叫んでいる。いったい何を揉めているというの？

「フェリシーは我が侯爵家の長女で、嫡子です！　それを勝手に養子に出せだなんて、あんまりじゃないですか⁉　フェリシーには婚約者だっているんですよ⁉」

　は？　フェリシーを養子に？　なぜ、フェリシーなんかを？

「嫡子？　嫡子なのに、家にいないことにも気がつかないと？」

「は？」

「もうすでにフェリシー様はこの屋敷にいませんよ。大事な娘だというのなら、いなくなった日に騒ぐべきでは？」

「は？　フェリシーがいない？」

　フェリシーがこの屋敷にいない？　早く光を奪わないといけないのに。どこに行ったというの？

「婚約はブルーノ・アレバロとでしたかな。それはそこにいるお嬢さん、フルール嬢に変更したのでしょう。それに、アレバロ子息が学園での暴力行為による謹慎処分を受けたことで、破棄の通達をしたのでは？」

「いや……その、フルールに変えはしましたが、フェリシーとの婚約に戻す予定で……」

ブルーノと婚約破棄したことが知られているとは思わなかったのか、お父様の返答があたふたし始める。もう、そんなのどうでもいいのに。

「ねぇ、フェリシーはどこに行ったの？　早く家に戻してくれない？」

「フルール!?」

「フルール嬢、君は双子なのに姉が虐待されていたと気がつかなかったのか？」

「虐待……？」

何の話なんだとぽかんとしてしまったら、男性は大きくため息をついた。

「ずっと何年も離れに住まわせて、まともに侍女もつけず、家庭教師さえ途中で辞めさせたと報告が来ている。フルール嬢からの嫌がらせもあったとされているな。婚約者を変更した後、学園を卒業したら出て行く約束もさせられていると。これはどう考えても虐待だ。王家の命令によりフェリシー様を保護し、養子に出すことが決定した」

「そんなことが虐待になるの？」

フェリシーだもの、仕方なくない？　首をかしげていたら、咎《とが》められるように質問される。

「フルール嬢は、わかっていたんだな。フェリシー様だけが虐《しいた》げられていることに何も思わなかったのか？」

「虐げるって何？　お父様は私を大事にしてくれてただけよ？」

「フェリシー様は大事にしなくてもいいと？」

「だって、フェリシーは醜いんだもの。仕方ないでしょう？」

価値がないものは大事にされないなんて、そんなの当たり前でしょう？　綺麗なドレス、希少な宝石、皆が欲しがるものは高価で取引される。令嬢だって同じことだわ。私は綺麗で、フェリシーは綺麗じゃない。だから、大事にされるのは私だけ。

「私は女神の加護があるのだもの。フェリシーとは違うのよ？」

「それは君の価値観であって、この国の法はそうなっていない。高位貴族の屋敷内で虐待があったなど、どこの国からも笑われることになる。ラポワリー侯爵、もう証拠も提出されている。この家に勤めていた家令、侍女、家庭教師から報告がされている。それに、今、フルール嬢も証言してくれた。処罰については後日、陛下から命じられるだろう。以上だ。失礼する」

お父様が待ってくださいとすがるように言っても、男性たちと近衛騎士は出て行った。どうしてお父様はあんなに焦っているのだろう？

「お父様、どういうこと？　フェリシーはどこに行ったの？」

「フェリシーなんかどうでもいいが、虐待していたのがバレたらまずいんだ！」

「まずいって、どういうこと？」

「爵位が下げられるかもしれないし、領地を没収されるかもしれない」

「は？　なんで？」

「この国の令嬢令息も陛下の持ち物なんだ。それを勝手に傷つけたとなれば、処罰を受ける……」

へたりと座り込んでしまったお父様に、それ以上は何を聞いても答えてくれなかった。仕方ないから、部屋に帰ってミレーを呼ぶ。

「ミレー、フェリシーを虐待してたのがバレたらまずいって、お父様が慌ててるんだけど？」

「え？　もしかして、王宮からの使いが来たのですか！」

よほどのことなのか、ミレーの顔が青ざめていく。どうやら本気でまずいことになっているらしい。

このままだと、私が王太子妃に選ばれた後で困ることになる？　正妃ではなく側妃扱いになってしまったら、みすぼらしい離宮に住むしかないんでしょう？　そんなのはごめんだわ。

「ねぇ、ミレー。どうしたら処罰されないと思う？」

第八章 ✦ 新鮮で、幸せな日常

鏡の中にはミランに髪をとかされている少女がいる。じっとこちらを見ている顔は見慣れなくて、つい鏡の中をのぞきこみたくなる。その度にミランに動かないでくださいねと優しく注意されて謝る。

「そんなに鏡が気になるのですか？」

「あのね、鏡というか、私の顔ってこんな顔だったかしらと思って」

まだ完全に銀髪になったわけではないが、灰色でもない。公爵家に引き取られてから二週間。ミランが丁寧に手入れをしてくれている髪は艶が出てきている。かさついていた肌もしっとりして、少しこけていた頬もふっくらしてきた。そのせいなのか鏡の中にいる少女は美しく見えてしまう。

「フェリシー様の顔立ちはお変わりありませんわ。ですが、今まで何もしてこなかったのです。髪や肌のお手入れだけでなく、十分な栄養や睡眠。身体のためになることができていませんでした。もちろん、フェリシー様のせいではありません」

「お手入れや栄養に睡眠……そうね、してこなかったわ」

そう言われてしまえばそのとおりだ。美しくなろうとする努力をしてこなかった。侍女に命じれば手入れができたのかもしれないが、自分からは求めていない。十分な栄養と睡眠というのに関しては、私にはどうにもできなかったけれど。

「フェリシー様はもっとお綺麗になります。顔立ちがいいからということだけではありません。顔というのは心があらわれるものです。フェリシー様はあれだけのご苦労をしていながら、人を貶めたりすることがありませんでした。旦那様やハルト殿下はそういうフェリシー様の心の在《あ》り方《かた》を見て、美しいとおっしゃるのだと思います。けっして見た目だけの問題ではないのでしょう」

「見た目だけの問題じゃない。そうね。お義父様とハルト様なら、きっとそう言うと思うわ」

なんとなく美しさから逃げていた私が、こうして綺麗になっていくのは怖かった。あれだけ見た目じゃない、中身で評価されたらいいのにと思っていたのに、こうして美しいといわれる容姿になっていくのをうれしいと思ってしまう。

「フェリシー様は美しくなることがいけないことだと思っていませんか？」

「え？」

どきりとした。心の中の迷いを見透かされた気がして、ミランの問いに答えられない。黙ってしまったら、そのとおりだと言っているようなものなのに。

フルールのようにはなりたくないと思っていたのに、同じようになってしまうのではないかと不安になる。美しさだけで人を見るような人間にはなりたくない。

「そんな風に悩む必要はないのですよ？　美しくなることは悪いことではないのです。外見が変わったとしても、フェリシー様はフェリシー様です」

「外見が変わったとしても私……そうね。私自身が変わってしまうわけではないのよね」

ミランがそんなことを言うのは私の不安が顔に出ていたのかもしれない。この屋敷にいる人たちは、私が美しくなくても美しくても変わらない人たちばかりだ。変わっていく自分を受け入れてなかったのは、私だけだったのかもしれない。

「それに、好きな人のために自分を磨きたいと思うのは、誰だって思うことではないでしょうか。美しくなりたい、ではなく、好きな人に好かれたい、という気持ちです」

「好きな人に好かれたい……」

言われて思い浮かんだのはたった一人。ハルト様に好かれたい。だから、少しでも自分を良くしたい。それは誰だって思うことと言われ、残っていた罪悪感のようなものが消えていく。

「そうね、そのとおりだわ。ミラン、ありがとう」

「いいえ、どういたしまして」

話している間に身支度は終わっていた。終わったのを見計らったようにドアがノックされて、ハルト様が顔を出す。

「準備できた?」

「はい、終わりました」

「じゃあ、行こうか」

こうしてまた一日が始まる。A教室の学生たちは私がハルト様と登校するのを見慣れたようで、手をつないだまま教室に入っても驚かなくなっていた。ローゼリアだけが必ずハルト様に一言文句を言っている。

「ハルト、しつこいと嫌われるわよ」

「朝からうるさいな」

「ローゼリア、おはよう。今日も元気ね」

「おはよう、フェリシー」

ローゼリアが私にだけにっこり笑って挨拶をする。可憐《かれん》なローゼリアが笑うと花が咲いたように雰囲気が柔らかくなる。いつもそうしていれば求婚者が後を絶たないだろうに、令息には笑いかけない。なんとなくもったいないとは思うけれど、好きでもない令息に惚れられても困るだけだろう。

その日も三人並んで授業を受け、何事もなく午前中が終わる。ハルト様と昼食をとりに食堂へ向かうと、突然ハルト様に抱き寄せられる。

「え？」

「何をするつもりだ！」

ハルト様に抱きしめられたままなので、何が起きているのかわからない。ただ、ハルト様が誰かを咎めているようだ。

「私はただ、お姉様に声をかけようと」

「声をかけようとしただけじゃないだろう。後ろから腕をつかもうとしていた。それに、もうフェリシーはお前の姉ではない。ラポワリー侯爵家の籍から外れたと通告されただろう」

少し高めの甘えたような女性の声。フルールだ。私の腕にふれようとして、それに気がついたハルト様が私を抱き寄せた？　ラポワリー侯爵家から外れた後、ローゼリアには注意されていた。おそらく何か言ってくるだろうと。だけど、こんなに時間がたってからだなんて思わなかった。侯爵家を出てから二週間以上も過ぎているのに。

「私は認めていないわ。お父様とお母様もよ！　突然、お姉様をさらっていくなんて、あんまりだわ！」

突然さらっていく？　誰が？　少しだけ腕の力がゆるんで、ハルト様の顔が見えた。フルールをにらみつけているかと思っていたが、無表情に見える。それがよけいに怖くてハルト様を軽くゆする。

「ハルト様？」

「あぁ、フェリシーはそのままで。相手しなくていい」

「お姉様！　家に帰って来てくれるわよね⁉」

「え？　帰る？」

どうして家に帰したいのか。あれだけ私を追い出そうとしていたフルールが。意味がわからなくて、聞き返してしまう。ハルト様が離してくれないので、フルールの姿は見えないままだ。

「だって、お姉様は私のお姉様でしょう。ラポワリー家にいてくれなきゃ困るのよ」

「何が困るだ。フェリシーが屋敷に帰らなくなったのはいつだと思っているんだ。もう二週間も前だぞ。姉がいないのに気がつきもしなかったくせに、侯爵家が処罰されると知ってフェリシーを戻そうとしているのか」

「それだけじゃないけど、処罰されるなんて意味がわからないわ！　お姉様が戻ってくればいいのでしょう？」

「そんなわけあるか。いいか、フェリシーはもうアルヴィエ公爵家の令嬢だ。お前よりも身分が高くなったんだ。勝手に話しかけたり、腕にふれたりしていい立場じゃない。二度と関わるな。わかったな？」

「うそ……公爵家？」

どうやらラポワリー家を出たことはわかっていても、公爵家の養女になったことは知らなかったようだ。自分よりも身分が高くなったことが面白くないのか、フルールの声が低くなる。

ハルト様はもう相手にする気がないのか、私を抱きかかえたまま前に進んで行く。数歩前に進んだ時、後ろからフルールのつぶやきが聞こえた。

「……フェリシーのくせに」

そのつぶやきに感情が見えなくて、ぞっとする。憎々しげに言うのであればまだわかるのに。何の感情もなく、ただ事実を言うようなフルールの声に、私が醜く価値がないのが当然だと思っているのがわかる。

「フェリシー。フルールに近づかせてはダメだ」

「え？」

「ふれるのと同時に美しさを奪おうとしていた。もし、フルールが近寄って来た時は、奪われたくないと強く思ってくれ」

「強く思うだけでいいのですか？」

「ああ。フェリシーの力の方が強い。豊穣の加護の力で願えば、邪神の力で奪えなくなるはずだ。いいね？」

「わ、わかりました」

ラポワリー家を出たことで、もう縁は切れたと思っていた。家族としてそばにいるから狙われるのだと。でも、フルールには関係ないのかもしれない。どこに私がいようとも奪おうとしてくる。これ以上被害を出さないためにも、私は加護の力を使って自分を守らなくてはいけない。


食事を終えてA教室に戻ると、すぐにローゼリアが駆け寄ってくる。

「フェリシー！　大丈夫だったの⁉」

「え、もしかしてフルールのこと？」

「そうよ、人通りの多い廊下だったせいで噂になっているわ。その後、フルールが泣いて訴えていたそうよ。姉を無理やり奪われたって。そんなわけないのに」

処罰のことは食事中にハルト様から説明を受けた。きっとその処罰を受けたくなくて、私を家に戻そうとしているんだと。他の者に訴えていたのは、自分たちは悪くないのに姉が奪われた。もしくは、姉のわがままで出て行ったということにでもしたいのかもしれない。

ベンとミラン、リリー先生だけでなく、辞めさせられた家庭教師たちも虐待について証言してくれている。嫡子なのに離れに住まわせ、食事は一人だけ別にし、勉強だけは人並み以上にさせていた。休日はなく、睡眠時間を削ってまで勉強させ、ドレス一枚作らない。お茶会には出席させず、買い物に連れて行くこともせず、妹と比べて貶めることは日常のことだった。

そして、妹自身も侍女に指示を出して、姉の私物を取り上げたり壊したりしている。婚約者まで奪った挙句に卒業後は家から追い出そうとしていた。これだけの報告がされていたら、虐待を認めないことはありえないだろうと。

「ハルト様が言うには、ラポワリー家は爵位が下げられるかもしれないって。フルールはそれが嫌で自分たちは悪くないってことにしたいんだと思うわ」

「そういうこと……甘いわね。王家が動いているのだとしたら、もう遅いわ。叔母様がそんなこと許すわけないもの」

「王妃様が？」

「ええ。陛下はそこまで厳しい方ではないけれど、叔母様は見逃してくれるほど甘くはないの。しっかり処罰を受けさせると思うわ。さすが叔母様よね」

仲良くなってわかったけど、ローゼリアは王妃コレット様を敬愛している。叔母でもあるけれど、王妃でもある。親戚ではあるが、そう簡単には会えないらしい。もしかしたら王太子妃か王子妃になりたかったのは、王妃様の義娘《むすめ》になりたかっただけなんじゃないのかと思ってしまう。

「それでも、噂するほうは無責任だからね。フルールに気に入られるために嘘でも平気で流すの。しばらくは気をつけたほうがいいわ」

「そうね、噂が正しいとはかぎらないものね。わかったわ。気をつける」

以前、ローゼリアに言われたことを思い出す。嘘だとわかっていても、そのほうが都合がいいから信じるのだと。今になればそうだったのかと理解できる。フルールのそばにいる者たちにとっては、私が悪くなかったとしても私のせいになるのだから。

その日から学生たちが私を見る目が厳しくなっていったが、ハルト様とローゼリアが必ずそばにいるためか、フルールが直接私に言いに来ることはなかった。


休日の午後、お義父様とハルト様とお茶を飲んでいるとドアがノックされる。

「来たか」

「どなたかお客様がいらしたのですか？」

「客ではないが、フェリシーにね」

「私にですか？」

お義父様に言われても心当たりがないためハルト様を見たら、なぜか楽しそうに笑っている。ハルト様は誰が来るのかわかっているようだ。立ち上がり、私のところまできて手を取った。

「さぁ、行こうか」

ハルト様にエスコートされるままについて行くと、その部屋には紫色のドレスが飾られていた。

「ドレス？」

「あぁ、来週の夜会でフェリシーが着るドレスだよ。初めての夜会だからね。愛する娘のために用意したんだ。どうかな。気に入ってくれたかい？」

「お義父様、私が夜会に⁉　その上……こんな素敵なドレスを、私が着てもいいのでしょうか？」

「もちろんだよ！　フェリシーのために用意したんだからね！」

近寄ってドレスを見ると、紫の生地に同じ紫の糸で刺繍《ししゅう》が施《ほどこ》されている。袖や腰回りまで続く繊細な模様にうっとりする。胸元は少し広く開いているけれど、品が良く見えるのは同じ紫で染めてあるレースが縫い込んであるためだ。羽のように軽いスカートは踊る時に美しく広がるようになっている。するりとした柔らかな絹はどう見ても一級品で、この一枚を作るのにどれだけの手間暇がかかっているかわからない。本当に私が着てもいいのだろうか。

「フェリシー。気に入ったんだろう？　目が輝いている」

「とてもうれしいです。お義父様、ありがとうございます。こんなに素敵なドレスを着られるなんて……本当にうれしい」

「あぁ、よかった。気に入ってくれたんだね。ハルトと相談して決めたのだけれど、喜んでくれるか心配で。フェリシーは夜会デビューだから、フェリシーの色にしたんだが、ハルトは赤で作りたかったようでね。最後までもめたんだよ」

「まぁ」

夜会デビューのドレスは令嬢の髪か目の色にするのが一般的だ。これは昔からそうなっているらしいが、特徴をわかりやすくするためだと思われる。うちの娘は高貴な色を持っていますと売り出すために。そのため茶髪茶目のような令嬢は目立たない色にして恥ずかしそうに隅にいることもあると聞いた。私も灰色の髪だし目もぼんやりした紫色だから、この伝統は喜ばしいものではないなと思っていたけれど、今の私の目ははっきりとした紫色に変化していた。これもフルールから美しさを奪われていたせいなのだろうか。

「ハルト様、紫ではいけませんでしたか？」

「いけなかったわけじゃないよ。ただ、赤いドレスを着たフェリシーを見たかっただけなんだ。今度は俺に贈らせてくれる？」

「ええ、喜んで」

「良かった。じゃあ、赤いドレスを注文しておこうかな」

気が早いハルト様に商人の男性はニコニコしている。これだけ高級なドレスを何枚も仕立ててくれるのだから、良い客に違いない。私が目を向けたからか、お義父様が商会の説明をしてくれる。

「このドレスを作ってくれた商会はシャルロットのところなんだ」

「え？　シャルロット様というと、王太子様の婚約者の？」

「ああ、シャルロットのルキエ侯爵領は糸の産地だ。だが、養蚕《ようさん》はあまり儲《もう》からない農家の副業に過ぎなかった。ルキエ侯爵はこういってはなんだが、頼りなくて領主にも向いていなくてね、ルキエ侯爵領は貧しくなる一方だったんだが……。幼いシャルロットが領主の代わりとなって改革したんだ。細々と蚕《かいこ》を育てていた生産者を一つにまとめあげ、安く買いたたかれないように保護したんだよ。今ではルキエ産の絹糸といえば他国にも輸出しているほどの高級品だ」

「ええ、ええ。その通りでございます。シャルロット様がいらっしゃらなかったら、ルキエ侯爵領は貧しいままでした。それだけではなく、絹糸で儲かった分は領内の整備に全部まわされて。ご自分ではドレス一枚お作りにならなかったのです。王太子様の婚約者に選ばれなかったら社交界に行くこともなかったでしょう」

「まあぁ。シャルロット様は素晴らしい方なのですね」

本来なら王太子様が婚約者候補を選んで王太子妃教育をさせ、成果を見てから一人の婚約者を決めることになる。それが、王太子様は最初からシャルロット様を婚約者として選ばれた。幼い頃から領地経営をしてきたことを評価されたのだろうか。

「今は夜会準備のために忙しいが、夜会が終わった後にゆっくり会わせたいと兄上が言っていた。シャルロット義姉上は才女といわれているが、裏表のないまっすぐな人だ。フェリシーとも気が合うと思うよ」

「そうなのですか。お会いできるのが楽しみです」

「夜会の時に挨拶くらいはできるはずだ。兄上にもまだ紹介できていないからね。フェリシーを会わせるのが楽しみだよ。あぁ、忘れてはいけない。ミラン、あれを持ってきてくれ」

「はい、こちらにございます」

ミランが持ってきたのは装飾品が入った箱だった。ハルト様が受け取って蓋を開けると、私へと中身を見せてくれる。黒い台座に埋め込まれた赤い宝石はつるんと丸く磨かれている。細かい鎖が何重にもなった首飾りだった。

「この石、まるでハルト様の目だわ……綺麗」

「フェリシーならそう言ってくれると思ったよ。もっと大きな宝石にすることもできたけど、そうすると重いから。夜会の間ずっとつけていたら肌に跡がついてしまう。このくらいがちょうどいいかと思って。気に入った？」

「ええ、とても！」

「良かった。当日が楽しみだな」

「ハルト、言っておくが、婚約するまではエスコートするのは私の役目だからな」

「わかってる。そのくらいは我慢して待つよ」

わかっていると言いながらも不満そうなハルト様に思わず笑ってしまう。今回の夜会は私が公爵家の養女に入ったお披露目でもある。入場はお義父様とすることになるが、その後はハルト様と行動を共にしていいと言われている。

夜会に出るのは初めてだし、ローゼリア以外の友人もいない。不安はあるけれど、お義父様とハルト様からの贈り物で勇気をもらえた気がした。

第九章 ✦ 初めての夜会

夜会の当日は早めに王宮内に入り、王族の控室で準備を始める。ハルト様は王子の私室で準備をしているため、夜会に入場した後で会うことになっていた。

私の準備にはミランだけでなく王宮女官もつけられ、数人がかりでドレスに着替える。正式なドレスを着るのは初めてで、こんなにも大変なのかと思う。

あざやかな紫色のドレスを着た後は、髪をゆるく巻かれる。軽くおしろいと赤い口紅を塗った後、ハルト様から贈られた首飾りをつける。幾重《いくえ》にもなっている細い鎖がシャラリと音を立てた。その中央にある丸い赤い宝石がうっすらと発光しているみたいに輝いている。それが本当にハルト様の目のように見えて、そっと指でなぞってしまう。

「フェリシー様、準備は終わりました。旦那様をお呼びいたしますね」

「ええ、ありがとう」

隣の部屋にいるお義父様に連絡が行くと、すぐに迎えに来てくれる。着替えが終わった私を見て、お義父様は大げさな動作で神に祈り始める。

「あぁ、フェリシー！　なんて綺麗なんだ！　神よ、こんなにも素敵な娘と出会わせてくれてありがとう！」

「ふふ、褒め過ぎです。お義父様も素敵ですね」

夜会用の白い王族服を着たお義父様はいつも以上に素敵で、神に愛されていると言われるのもわかる。もう四十近いはずなのに、微笑んでいる姿は十歳以上も若く見える。

夜会の会場である大広間までお義父様のエスコートで向かうと、扉の前で呼ばれるのを待つ。少ししたら、ハルト様がこちらに向かってくるのが見えた。

「フェリシー！」

「ハルト様」

「まだ入場していなかったんだね」

「ええ、これからです」

ハルト様も白い王族服姿で、いつも無造作にしている髪を整えている。そのかっこよさに見惚れてしまいそうになるが、そんなことをしている場合ではなかった。同じように私のドレス姿に見惚れたようなハルト様だったが、後ろからつつかれて、はっとした顔になる。ハルト様の後ろには金髪の令息と赤髪の令嬢が立っていた。

「ハルト、紹介してくれるか？」

「ああ、そうだった。フェリシー、兄上と義姉上だよ」

「やっと会えたね、フェリシー。アルバンだ。兄と呼んでくれるかい？」

「ふふ。フェリシー様、よろしくね。シャルロットよ。さすがに今すぐに呼んでもらうのは難しいけれど、姉と呼んでもらうのが楽しみだわ」

「ふぇ、フェリシー・アルヴィエです。よろしくお願いいたします」

急なことで驚いてしまって、あわあわしながら挨拶をする。変に思われていたらどうしよう。

アルバン様は緑色の目を少し細めて楽しそうに笑っている。顔立ちはハルト様と似ているが、アルバン様は鍛えているのか体格が大きい。黒髪黒目のハルト様と並ぶと兄弟には見えないけれど、兄弟仲はとても良さそう。

シャルロット様はあざやかな赤髪にくりっとした茶目で可愛らしい人だった。領主として領地を改革しただけあって堂々としていて、しっかり目を合わせて話しかけてくる。王太子様の色である緑色のドレスと首飾りを身につけているが、よく似合っている。

「ハルトの話の通りだな。すごく可愛い令嬢だ。ハルトにぴったりだよ」

「兄上もやっぱりそう思うか」

「ふふ。お二人はすごくお似合いだわ。ね、フェリシー様。夜会が終わったらお茶会を開く予定なの。招待してもいいかしら？」

「え、ええ。はい。ありがとうございます」

うれしそうなアルバン様とハルト様の会話に口を挟めないでいると、シャルロット様からお茶会に誘われた。勢いに流されるように返事をすると、シャルロット様はにっこり笑う。もうどうしていいかわからないでいると、後ろから落ち着いた声が聞こえる。

「さ、そろそろうちの娘を返してくれるかな？　フェリシーは初めての夜会で緊張しているんだ。話は後からにしてくれたまえ」

「あ、お義父様」

「わかったよ、フェリシー。話は後で」

三人から解放され、慌ててお義父様の隣へ戻る。こんなところでアルバン様とシャルロット様に会うなんて思っていなくて、心の準備が間に合わなかった。

「さぁ、入場するよ」

「はい」

一度大きく呼吸をして、お義父様の腕に手を添える。門番は私たちの名前を呼ぶのではなく、王族の入場ですと大きく叫ぶ。扉が開かれると、会場の光がまぶしくて一瞬何も見えなくなった。

お義父様が歩き出すのに、ついて行くように足を踏み入れる。会場内には王族以外のすべての招待客がそろっているが、そのすべてがこちらを見ている気がする。弱気になってうつむいてしまいそうになるけれど、意識して顔をあげた。大丈夫。私はお義父様の娘、フェリシー・アルヴィエなのだから。

「え、あれって。……本当にフルール様の姉？」

「灰色じゃないじゃない」

「誰よ、姉は不細工だなんて嘘を言ったのは」

令嬢たちはこそこそと話しているつもりでも、静かな会場だと聞こえてしまう。平気な顔を装ってお義父様について行くと、そのまま王族席へと着く。すぐ後ろからハルト様が入場し、お義父様とは反対側の隣に立つ。

先に入場したフルールが近くにいるのではと思ったけれど、フルールも側妃様もエミール王子も見当たらない。会場内のどこかにはいるはずなのに。

ハルト様の後にアルバン様とシャルロット様、最後に陛下と王妃様が入場する。金髪緑目のこの方がハルト様のお父様。色は弟であるお義父様にそっくりだけど、中性的なお義父様とはまったく印象が違う。全体的に身体が大きくて、目は細い一重でひげをはやしている。

アルバン様の大きな体格は陛下に似たらしい。ハルト様は王妃様に似たようで色だけでなく顔立ちも似ている。黒髪黒目の王妃様は陛下の隣で柔らかく微笑んでいた。陛下は王族席の壇上にあがり、集まった貴族へと声をかける。

「皆の者、待たせたな。今年も無事に収穫祭を迎えることができた。この一年を神に感謝し、夜会を開催する！」

わあああと大広間に歓声が広がる。夜会の開始宣言により、酒を飲み始める人がちらほら見える。陛下は、それをぐるりと見渡した後、こちらを向いた。

「まずは、新しく家族となった者を紹介しよう。ヨハンの養女となった、フェリシー・アルヴィエだ」

紹介されたが招待客に向けて頭を下げないで微笑む。公爵令嬢とはいえ、王族でもあるお義父様の娘となった。壇上から礼をするようなことはしてはいけない。嫌々なのかもしれないが、あちこちから拍手が聞こえる。紹介が終わってほっとしていたら、隣にいるハルト様が私の手をとる。何をするのかと思ったら、そのまま私の手に軽くくちづけた。

「は、ハルト様？」

「まだ婚約できないけど、パートナーとしてこのくらいは見せつけないとな？」

にやりと笑ったハルト様は、眼鏡を外して胸ポケットにしまう。こんな場所で眼鏡を外すなんてと思ったら、目が赤い。

「いいのですか？」

「そうじゃないと、その首飾りが意味ないだろう？」

そういえばそうだった。眼鏡をしたままだとハルト様は黒目に見える。赤の首飾りがハルト様の色だとわかってもらうためには、眼鏡を外すしかない。

「来年にはアルバンとシャルロットの結婚も控えている。アリシエント王国はますます栄えるだろう！　皆、祝福を！」

「「おおお！　アリシエント王国に祝福を‼」」

お決まりの宣言が終わり、夜会は動き始めた。陛下と王妃様は壇上にある大きな国王席と王妃席に座る。夜会の間、お二人はここで招待客からの挨拶を受けるらしい。

ファーストダンスは王族がつとめることが決まっている。この夜会で踊るのはアルバン様とシャルロット様。そして、ハルト様のパートナーとして私も踊ることになっている。中央が開けられ、アルバン様たちが前に進んで行く。ハルト様に手を引かれて、私たちもその後ろをついて行く。

「フェリシー、大丈夫か？　緊張している顔だな」

「だって、それはそうです。緊張しないわけありません。初めての夜会で、ファーストダンスだなんて」

　夜会デビューの令嬢たちはファーストダンスの後に踊ることになっている。そのため私たちを囲むようにして夜会デビューの令嬢たちが待機していた。こんな風に令嬢たちに見られているのを感じながら踊るのは……さすがに。

「どこを見ているんだ？」

「え？」

　こめかみのあたりでチュッと音がした。周りの令嬢たちから悲鳴のような声がもれる。

「な、なにを⁉」

「よそ見したら、またくちづけるよ？」

　どうやらさっきのチュッという音はハルト様がくちづけした音らしい。あまりの恥ずかしさににらみつけたら、ふわりと微笑まれる。

「そう、ずっと俺を見ていればいい。ほら、音楽が始まるよ」

「え？」

　音楽が始まって、頭の中が真っ白になってしまう。どうやって踊るのか思い出せないでいると、ハルト様が私を導いてくれる。まるでハルト様に動かされているようだ。見つめ合ったまま目を離せず、ただハルト様にすがるようについていくだけ。

「大丈夫、踊れているよ。ほら、一曲終わった。あっという間だろう？」

「え？　もう終わったんですか？」

「あぁ、王族席に戻ろうか」

「ええ」

終わってしまえばあっけなかった。最後の方は楽しくて、もう少し踊りたかったと思ったくらい。

ハルト様と王族席に戻ろうとしたその時、踊り終えたアルバン様とシャルロット様のところに一組の男女が近づいて来たのが見えた。

「え？」

「あいつ、何を考えているんだ」

アルバン様に近づいて話しかけたのはエミール王子だった。隣にはあざやかな緑色のドレスを着たフルールがいる。首には何もつけていない。エミール王子のエスコートではあるが、婚約はしていないということになる。

「兄上、さすが上手なダンスだったね」

「エミール」

「ついでに、この子とも踊ってあげてよ。今日が夜会デビューなんだけど、父親は出席していなくてね」

「は？」

「よろしくお願いしますね、アルバン様」

エミール王子の後ろに隠れていたフルールがアルバン様の前に出る。にっこり笑って手を差し出すフルールに、アルバン様は首をかしげた。

「なぜ私が？　エミールが踊ってやればいいだろう。エスコートした者の役目ではないか」

「嫌だな、兄上。俺が踊れないの知っているだろう？　俺の代わりに踊ってあげてほしいんだ。弟のお願いくらい、聞いてくれないのか？」

　エミール王子が踊れない？　まさか。あぁ、でも。王子教育を受けていないのだった。さすがにそう言われたら断りにくいのか、王太子様は少し考えた後で隣にいるシャルロット様に声をかけた。

「シャルロット、すまないが先に王族席に戻ってくれるか？　エミールの代わりに令嬢と踊らねばならないようだ。終わったらすぐに戻るよ。少しだけ待っていて」

　少し大きな声だったのは他の貴族にも聞こえるようにかもしれない。シャルロット様はくすりと笑うと、「はい」とだけ答えて王族席へと向かって行く。

　仕方ないといった顔でアルバン様がフルールの腕を取ると、エミール王子は後はよろしくねと言って離れて行く。夜会デビューの令嬢が踊る相手は家族か婚約者だ。この場合、フルールの相手をつとめるというのはどういうことになる？

「ハルト様、どうしたら……」

「もう止めるわけにもいかない。ここで少し様子を見てからにしよう」

　すぐに王族席に戻るつもりだったけれど、フルールが何をするのか気になる。フルールはうれしそうにアルバン様に抱き着いて、離れるように何度も注意されていた。

「こんなに近すぎたら踊れないだろう。もっと離れるんだ」

「はぁい。初めてのダンスだからわからなくて」

楽しそうなフルールの声が聞こえたが、それは嘘だ。フルールは家庭教師は辞めさせても、ダンス教師だけは辞めさせなかった。いつか夜会で王太子様と踊るのだからと言って練習していたはず。念願かなってアルバン様と踊ることになったわけだが、それだけで済むわけがない。フルールが何を企んでいるのかと思っていると、音楽が流れ始める。

「こういうことか、しまったな」

「え？」

「他の者たちが踊っていない」

本来ならファーストダンスの後は、夜会デビューの令嬢たちが出てくるはず。さきほど私たちが踊っている時も周りで待機していた。フルールも夜会デビューなのだから、他の令嬢たちも出てくるはずだった。

それなのに踊っているのはアルバン様とフルールだけ。二人が踊るのを周りが見守っている様子は、まるでファーストダンスのよう。それにフルールのドレスは緑色。アルバン様の目の色だ。

シャルロット様のドレスよりも発色の良い緑色はフルールの金髪にとてもよく映えて、二人がくるりと回るたびにキラキラと光り輝いて見える。同じ金髪のアルバン様と踊っていると、最初から示し合わせていたかのように見えてしまう。

「さすがフルール様。お綺麗ですわ」

「ええ、王太子妃にふさわしいのはフルール様のほうよねぇ」

「こういってはなんだけど、赤髪よりも金髪のほうが」

「王太子様もフルール様のほうがよろしいのでは？」

あちこちからフルールを褒めたたえる声が聞こえる。年若い夫人や令嬢が目を輝かせてアルバン様と踊るフルールを見つめる。

「まだ結婚したわけじゃないのだし、変更することもあるわよね」

「そうよ。フルール様のほうが美しいもの！」

踊っているアルバン様にも聞こえたのか、顔が険しくなっていく。この異様な状況に気がついてどうにかしたくても、途中で踊りを止めるわけにもいかない。あんなにもあっけなく終わった一曲だったのに、今は長く長く感じた。

やっと曲が終わると、アルバン様はすぐに離れようとする。それをフルールは甘えるように引き留《と》める。

「すごく楽しかったわ。もう一曲お願い！」

「だめだ。婚約者でもないのに、二曲踊れるわけないだろう。エミールはどこだ！」

「エミール？　王族席に行ったと思うわ」

「なんだって？」

「だから、王族席までエスコートしてね？」

恋人のようにアルバン様の腕に抱き着いたフルールを、なんとか引き離そうとしても細い腕を傷つけそうで力を入れられないらしい。引き離せずにそのまま引きずるようにして王族席に向かう。その後ろ姿は二人が婚約しているのかと思うほどに親密に見えた。

「やられたな。これが目的だったか」

「でも、さすがに二曲は踊れませんでしたよ？」

「フルールのほうが王太子妃にふさわしいと騒がせるのが目的だったんだ。夜会で誰の目にもわかるようにお似合いだと。そうすれば兄上や父上が考え直すかもしれないとでも思ったんだろう」

「そんなことで考え直したりしませんよね？」

「もちろんだ。だが、これだけフルールに賛同する者が多いとなると、シャルロット義姉上が社交界で認められるのは難しくなるな」

「そんな」

ただでさえ社交界でフルールの女神の加護が評判になってしまっている。その力を自分に使ってもらうためなら何でもするという夫人たちもいると聞いた。その中で、どうやってシャルロット様は令嬢や夫人を納得させるのか。

「とにかく、俺たちも王族席に戻ろう」

「はい」

王族席は他の貴族に囲まれないように、近衛騎士が警備して王族以外は入れなくなっている。先ほど紹介された時にいた広間から見える壇上ではなく、その奥にある休憩室へと向かう。そこではフルールの腕をなんとか引き離したアルバン様が、大きな声でエミール王子を咎めているところだった。

「エミール！　お前は何を考えているんだ！」

「何をってさっき言っただろう。俺は踊れないから夜会デビューのフルールを頼んだだけだよ。フルールの父親が招待されていないし、俺は踊れない。仕方ないだろう。兄上だって美しいフルールと踊れて良かったじゃないか。正直、婚約者を選び間違えたと思ったんじゃないの？」

「……何が言いたい」

「兄上もフルールを見て綺麗だと思うだろう？　やっぱり王太子妃は華やかじゃないとね」

「は？　何を馬鹿なことを言っているんだ？」

　フルールこそが王太子妃にふさわしいというエミール王子に、アルバン様は無表情で吐き捨てるように言う。余裕の笑みを浮かべていたフルールも、それを見て顔が強張《こわば》る。

「王太子妃が、将来の王妃が見た目だけの空っぽに務まるわけないだろう。側妃だとしても、本来なら仕事があるはずなんだぞ。お前の母親が放棄しているからって必要ないなんて思うなよ」

「……いや、そんなことは思っていないけど」

「じゃあ、なんだと思って言ったんだ。あとな、美しさなんて人それぞれの好みがあるんだよ。俺にとってはそこの令嬢なんかよりもシャルロットのほうが美しい。その令嬢が美しいと思うのなら自分の妻にしろよ！」

「やだなぁ、そんなに怒らないでよ、兄上」

あまりの剣幕にエミール王子が慌てて取りなそうとしたが、アルバン様はこれ以上相手にする気はないようだ。エミール王子から離れて、近くにいる近衛騎士へと向かう。

「シャルロットはどこに？」

「王妃様のお呼びで、王妃席のほうへ行かれました」

「あぁ、わかった」

王妃席に？　見てみると、国王席と王妃席の隣にもう一つ席が用意され、シャルロット様は王妃様と楽しそうに話している。おそらく、アルバン様がフルールと踊ったことで、婚約者の交代があるのでは、という噂が出る前に手を打ったに違いない。王妃の隣に座ることが許されるのは王太子妃のみ。陛下と王妃様が認めているのはシャルロット様だと貴族に示したことになる。そのため、アルバン様はほっとした顔になって王妃席へと向かって行く。

アルバン様がフルールには挨拶もせずシャルロット様のところへ向かったせいか、エミール王子はおおげさにため息をついて見せた。

「ダメだったみたい。兄上はこうと決めたら譲らないからね。フルールもあきらめたほうがいいんじゃない？」

「やっと会えたのにどうして⁉　美しさは人それぞれ？　そんなわけないじゃない！」

「まぁ、そう言うけどさ。兄上にとってはそうなんだよ。実際にフルールの魅力がわからない者もいるわけだし」

「信じられないわ！　私の美しさに気がついていないの？」

アルバン様に否定されたのが悔しかったのか、フルールが怒りをぶつけている。それにたいしてエミール王子のなぐさめは感情がこもっていないように思えて、あまりフルールに陶酔《とうすい》しているようには見えなかった。

エミール王子もフルールの女神の加護の力を求めているのかと思っていたが、二人の会話を聞いているとそんな感じはしない。フルールへ恋愛感情があるようにも見えない。それならどうしてエミール王子はフルールのそばにいるんだろう。

「俺たちは控室に戻ろうか」

「ええ」

小声でささやいてくるハルト様に私も小声で答える。ここにいたら巻き込まれそうだと思い、控え室に戻ろうとした。が、少し遅かったようでフルールがこちらを向く。

私たちの姿を見て一瞬驚いたような顔をしたけれど、機嫌の悪さを隠しもせずにこちらに向かってくる。

「あら、フェリシーじゃない。なぁに、それ。ドレスも化粧も似合っていないわ」

いつものように見下してくるフルールに、後ろに下がりそうになって足に力を入れる。昔のように下を向いてしまいそうな自分もいるけれど、私の前に出ようとしたハルト様を止めてフルールと向き合う。

意識して口のはしをあげて、笑っているように見せる。リリー先生に教えてもらったことを思い出して、余裕があるように微笑んだ。

「そう？　私は似合っていると思うけれど。愛する家族が贈ってくれたドレスよ。私にぴったりだと思うわ。素敵でしょう？」

「ふん。高級なドレスを着たって、フェリシーは変わらないのよ。そういうものは私にこそふさわしいのに」

　このドレスが高級なのはわかるのか、ドレスを否定することはしないらしい。どんなことがあってもフルールが私を認めることはないだろう。だけど、そんなことはもうどうでもいい。お義父様が、ハルト様が私を認めてくれている。だから、大丈夫。

「フルールはそのドレス、誰の色なの？　あなたには青のドレスが似合うと思うのに」

「……うるさいわね。エミール、行くわよ！」

「ああ。行こうか」

　初めてフルールに言い負かされなかった。さすがにあのフルールもアルバン様のために用意したとは言えなかったらしい。目の前で拒絶されていたのを聞いているし、言えるわけないか。フルールはエミール王子をつれて広間へと戻っていった。

「頑張ったな、フェリシー。俺が助ける必要はなかったな」

「いえ、ハルト様が一緒にいてくれたから言えたんです。そうじゃなかったら、やっぱり言えなかったと思います」

　強くなれたようでも、本質的にはそれほど変わらない。ハルト様のために綺麗になりたい、強くなりたいと思うから、フルールに負けたくないと頑張れる。

だけど、まだ足は震えている。それに気がついているのか、ハルト様が腰に手をまわして支えてくれる。少しだけハルト様に身体を預けたら、怖かった気持ちが薄れていく。

「無理はしなくていい。いつでも俺に頼っていいんだ。それを忘れないで」

「はい」

第十章 ✦ 人工絹と胸騒ぎ

夜会の後から、学園ではアルバン様と踊ったフルールの話題で持ちきりだった。

シャルロット様が王妃席と並んで座っていたことは、夫人たちには意味が通じたようだけど、まだ社交界に慣れていない令嬢たちには効果が薄かったようだ。

「お二人はあれだけお似合いなのだもの。考え直したほうがいいと思うのよね」

「そうよね。親が選んだ婚約者だなんて古臭い考えだわ。王太子様だってフルール様に変えてほしいわよね」

と、なぜかアルバン様がフルールを婚約者にしたがっていると噂されていた。しかもシャルロット様は陛下と王妃が決めた婚約者のように思われている。ファーストダンスで仲睦《むつ》まじく踊ったことはなかったことにされていたが、これもそのほうが都合がいいから、本当ではないことが信じられているのだろうか。

「ため息をついて、どうしたの？」

「あぁ、ローゼリア。フルールのことが噂になっていて。アルバン様とシャルロット様のことが心配なの」

「あぁ、あれね。あの時、お父様が怒りだして大変だったのよ」

「え？」

そういえば、ローゼリアも夜会デビューだったはずなのに会わなかった。私とハルト様が途中で退席したというのもあるけれど、あの時どうしていたのだろう。

「ほら、夜会デビューの時って家族と踊るでしょう？　お父様と踊るのか、お兄様と踊るのかで二人が揉めてしまって」

「あら。それは大変だったのね？」

ローゼリアには公爵家を継ぐ予定の三歳年上の兄がいる。ちょうどアルバン様と同じ年で、昨年学園を卒業している。夜会で会えたら挨拶できると思っていたが、結局会えないままだった。

「揉めているうちにエミールが出てきて、アルバンがフルールと踊り出したでしょう？　何を考えているんだってお父様が怒り出しちゃって、側妃のところに怒鳴り込みに行って」

「え？　エミール王子ではなく、側妃様に？」

「ええ、フルールは側妃の相談役になっているってお父様が。だから、息子を使って何を企んでいるんだって。結局は側妃は何も考えていなかったようで、いつものように言い訳していたわ。そんなこと言われても私にはわからないわぁって、うるうる泣いて」

「あぁ、そういう感じなのね」

もしかしたら側妃様は本当に何も知らなかったのかもしれないけれど。それにしても、あれだけアルバン様に拒否されたというのに、フルールはまだ王太子妃になろうとしているのだろうか。

最近のフルールはカフェテリアでエミール王子と取り巻きの令嬢たちを連れて、次の公式行事でどんなドレスを着るのか盛り上がっているらしい。また何か企んでいるのでなければいいのだが。

「それにしても、フルールのドレス。見た？」

「ええ、見たわ。緑色のドレス」

「色も問題だけど、あれ人工絹だったわ」

「人工絹って何？」

「隣国で開発された、絹みたいな布を人工絹って言うの。染めやすいから発色は綺麗なんだけど、安いのよね。だから流行《はや》らなかったんだけど、夜会でフルールが着ていたでしょう？　影響されて着る子が増えるかもしれないわ」

たしかにあのドレスの発色は綺麗だった。シャルロット様が着ていた緑のドレスよりもあざやかに見えた。ドレスは絹で作るのが当たり前だと思っていたけれど、人工絹なんてものがあったとは。安いというのなら下位貴族でも買いやすいだろうし、人気が出るかもしれない。

「ドレスは高級だもの。お茶会の度に新しくするのも大変だし、フルールを支持している令嬢や夫人の間で流行るかもしれないわね。隣国からの輸入なのかしら」

「それがね、どうやら側妃の宮に出入りしている商会らしいわ。フルールに無償提供して、他の令嬢たちに売ろうとしているんでしょう」

「そういうつながりがあるのね」

「私は安っぽくて嫌だけど。だって、人工絹ってわかるのよ？　安い素材で作りましたってすぐにわかるじゃない。お父様もそういうドレスは買ってくれないと思うわ」

「そうね、お義父様やハルト様も選ばない気がするわ」

ドレスを仕立てていた時の二人を思い出すと、わざわざ人工絹を選ぶことはなさそうな気がする。どれだけ高くてもいいから良いものをと言っていた。贈ってもらう立場の私としては人工絹でも問題ないのだけれど。


それから二週間ほどして、ようやく王宮が落ち着いたということで、シャルロット様からお茶会の招待状が届けられた。

「兄上も一緒にお茶したかったようだけれど、とりあえず今回は令嬢だけでということだった。王太子妃の相談役を決めるためのお茶会で、他にも令嬢を何人か呼んでいる。できればフェリシーに王太子妃の相談役についてほしいと言っていた」

「私がですか？」

「ああ、信頼できる令嬢は少ないからね。俺もフェリシーなら大丈夫だと思うし」

「お役に立てればいいのですが」

王太子妃の相談役となれば、ゆくゆくは王妃の相談役になる。夫人代表のような立場になってしまうのだが、私につとまるのだろうか。コレット様の相談役はローゼリアの母、つまり王妃の義姉だと聞いている。義妹《いもうと》になる予定の私に話が来るのも自然なことかもしれないけれど。

お茶会の日、ハルト様も一緒に王宮へ行ってくれるという。初めてのお茶会に緊張していたのもあるし、少しだけ不安もあった。お茶会の間はアルバン様の仕事を手伝ってくるというハルト様は、私のために用事を作ってくれたのだと思う。

「シャルロット義姉上のお茶会だから大丈夫だとは思うけれど、何かあったらネックレスの石を握って？」

「ネックレスの石を握るのですか？」

今日はお茶会ということで夜会の時のような豪華な装いではないので、首にはいつものように隠し部屋の鍵になる赤い石のネックレス。ドレスも控えめな薄紫色のドレスを選んでいる。

首元からネックレスを出して見せると、ハルト様は赤い石を手のひらに乗せる。何をしているのかと見ていたら、赤い石がうっすらと光っていた。

「この赤い石には俺の加護の力が込められている。強く握って俺のことを呼べば、どこにいてもわかると思う。だから、困ったことがあったらちゃんと俺を呼んで」

「そんなことができるんですね。わかりました。何かあったらハルト様を呼びます」

約束したからか、ハルト様はほっとしたように笑う。同じ王宮にいるのだし、呼ぶようなことはないと思うけれど、何かあれば助けに来てくれるのだとわかるだけで安心できる。

王宮に着いて馬車から降りると、女官と近衛騎士が案内をしてくれる。お茶会の会場は壁の一面がガラス張りになっている部屋だった。私とハルト様を見て、シャルロット様が嬉しそうに出迎えてくれた。

「待っていたわ、フェリシー様。来てくれてありがとう」

「シャルロット様、お招きいただきありがとうございます。ここは温室になっているのですか？」

「ええ、そうなの。ここなら中庭の花も綺麗に見えるのよ。ハルト様、フェリシー様をお預かりしますね？」

「フェリシーをお願いします。俺は兄上のところにいるので」

「お茶会が終わる前に連絡するわ」

「はい」

お茶会の会場まで送り届けてくれたハルト様は、名残惜しそうに私の頬を一度撫でてから出て行った。

「ふふ。心配性なのは兄弟そっくりね」

「アルバン様もそうなのですか？」

「ええ、アルバンもあんな感じだわ。さぁ、どうぞ。こちらに座って？」

用意されていた席に座ると、テーブルにはたくさんのお茶菓子が並べられている。チョコレートやクリームたっぷりのケーキ、大好きなガレットもある。うれしいと思ったのが顔に出ていたのか、シャルロット様が微笑んでいる。

「フェリシー様も甘いものが好きなのね。王宮のお茶菓子はどれを食べても美味しいわ。好きなものを選んでね」

「ありがとうございます！」

目の前にあった焼き菓子を一枚とって口に入れる。薄く焼かれた生地がさっくりと割れて、口の中で溶けていく。

「美味しいです」

「ふふふ。美味しそうに食べるのね。気に入ってくれてよかったわ」

お茶菓子もお茶もとても美味しくて、シャルロット様との会話も楽しい。だけれど、いつまでたっても二人きりのままだった。まだ来ないのだろうかと部屋の入口のほうを気にしてしまう。

「何か気になるの？」

「ええ、他にも令嬢を呼んでいると聞いていたので、遅れているのか気になってしまって」

私の他にも令嬢を呼んでいると聞いていた。このお茶会が王太子妃の相談役を選ぶためのものだとも。それなのに、ここにはシャルロット様と私しかいない。椅子の数は四脚。では、二名の令嬢がこれから来るのだろうか。

「もうとっくに来ているはずの時間ね。どうしたのかしら」

「どちらの令嬢なのですか？」

「ロチエ侯爵家とウダール侯爵家よ。侯爵たちのほうからぜひに、ということだったのだけれど」

「まぁ。どうしたのでしょうか」

この国の領地持ち貴族には二つの公爵家と六つの侯爵家が存在する。六つの侯爵家のうち、二つは南北にある辺境伯家。あとはシャルロット様のルキエ家。今日呼ばれているロチエ家とウダール家、そして私が生まれたラポワリー家だ。

公爵家のローゼリアが相談役に選ばれないのは、今の相談役がローゼリアの母であるため、二代続けてになるのを避けたのだろう。ローゼリアが王太子妃になりたがっていたこともあるかもしれないが。

いつまでたっても令嬢たちが来ないせいか、シャルロット様が今日の本題を話し始める。お茶会が始まってから、もう一時間が過ぎていた。

「今日、フェリシー様を呼んだのは聞いていると思うけれど、私の相談役についてほしくて」

「私でつとまるのであれば喜んで」

「本当？　ありがとう」

私に相談役がつとまるかという不安はあるけれど、引き受けない理由はない。フルールのせいでシャルロット様とアルバン様を困らせているのもある。私にできることならお手伝いさせてほしいと思う。

「良かったわ……他の令嬢が来てから話すつもりだったけれど、少し悩んでいることがあって」

「悩みですか？」

「ええ。先日の夜会、フルール様が着ていたドレス、覚えているかしら」

「フルールのドレス……はい」

突然、フルールの名前が出て、胸が嫌な感じに痛む。また何かシャルロット様を困らせるようなことをしたんだろうか。

「あのドレス、人工絹というものでできているの、知っている？」

「ええ。人工絹のことはローゼリアから教えてもらいました」

「さすがローゼリア様ね。あまり人工絹のことは知られていないのだけれど、あれは危ないのよ」

「危ないのですか？」

たしか隣国で開発されたもので、安く作れると。普通の絹よりも染めやすくて、発色がいいのが特徴だって。それが危険？

「人工絹は火に弱いの。近くで火を使っていたら、すぐに引火してしまうのよ」

「そんなに弱いのですか？」

「弱いだけでなく、燃え広がりやすいのよ。ドレスに火がついてしまったら、着ている人も火に包まれてしまうわ」

「ええ⁉」

それほどまで火に弱い布でドレスを作っていたなんて。隣国の人は危険だということに気づいていないのだろうか。そう思ってしまったが、シャルロット様の説明で理解する。

「貴族は着ていても安全だと思っているのよ。火を使うようなこと、しないでしょう？」

「それはそうですね。ドレスを着て火のそばに行くことはないでしょう」

「だけど、貴族が流行らせたものは、そのうち裕福な平民も着るようになる。そして、その服は古くなったら布として売られて、布を買った普通の平民が仕立て直して着るようになる。そうしたら、食事の用意をするために火のそばに行くことだってあるわ」

布というものは高級だ。貴族が着たドレスはそのまま古着屋に売られ、裕福な平民が買って行く。裕福な平民が着た後のドレスは買う者がいないため、いらなくなったら布屋に売られる。そして解体されて布として売られた後は、いろんな形で利用されていく。服としてだけじゃなく、レースなどはリボンや鞄《かばん》のかざりに。上から下へ、古くなった布はどんどん広がっていく。

滅多に手に入らない絹なら庶民には手が届くことなく消費されて終わる。だけど、絹よりも安い人工絹が平民にまで手に入るようになってしまったら。最終的には平民が通常に着る服となって売られるかもしれない。

その時に人工絹が火に弱いと知らなければ、いつも通りに食事を用意しようと火のそばに近づいてしまう。火事になり犠牲者が出た後で規制しても遅い。平民にとって、服はそう簡単に買い換《か》えられるものではないからだ。危ないとわかっていても着るしかなくなる。

「それほどまでに危険だとわかっているのなら、人工絹の使用を制限することはできないのですか？」

「したいわ。でも、できないの」

「どうしてですか？」

「私が関わる商会が絹を売っているからよ」

「え？」

「うちの侯爵領の名産品は絹よ。私が生産者に声をかけ、商会を立ち上げて、絹の価値を高めることで領地を守ってきたの。そのことは誇りに思っているし、大事なことだったと思うわ」

「ええ、商会の者と話したことがありますが、感謝していると言っていました。お義父様もハルト様も、シャルロット様がしたことはすごいことだったと」

「ありがとう。そう言ってもらえるとうれしいわ。でもね、だからこそ私が人工絹を規制しようだなんて言ってしまったら。絹の売り上げが悪くなるからだと思われてしまいかねないのよ」

「あ……」

　言われてみればその通りだとしかいいようがない。シャルロット様の商会からしたら、人工絹を扱う商会は商売敵《がたき》だ。そんな時に人工絹の危険性を訴えたところで、商売を邪魔しているようにしか思われない。

「商売の邪魔をしようとしていると思われるだけならまだいいわ。悪者になったとしても人工絹を規制できるのなら。でも、広告塔になっているのがフルール様でしょう。一部の令嬢たちがフルール様を王太子妃にと言い出しているのは知っているわ。そんな時に人工絹のことを悪く言ってしまったら、逆効果にならないかしら」

「なりそうな気がします。むしろ、フルールを応援する意味で人工絹を着る者が増えるかもしれません」

「そうなのよね。でも、放っておくわけにもいかないし。どうしたらいいのかわからなくなってしまって」

　これは難しい問題だ。フルールがシャルロット様の言うことを素直に聞くわけがない。また自分が被害者だという顔をして、美しく泣くだろう。そして、その涙に同情して、人工絹を買う者が出てくる。

多分、言わないで見ているだけのほうが楽なんだ。シャルロット様が問題提起しなくても、いつかは事件が起きて発覚するかもしれない。そうなってから規制したほうが簡単だってわかっている。

だけど、その時には犠牲者が出てしまっている。着ている服が燃えただけでなく、火が回って家が火事になるようなことがあれば。最悪な場合、街全体が火事になってしまうことだってありえる。

そうなってしまったら、もっと早くに何かできなかったのかと後悔しないだろうか。

いい解決案が思いつかず、シャルロット様と二人でため息をついてしまう。同時にため息をついたことで、シャルロット様が少しだけ笑う。

「ごめんなさいね、ゆっくり考えることにするわ。それにしても遅いわね。二人とも欠席なのかしら。ねぇ、一度確認してきてくれない？」

招待したはずの令嬢二人が来ないことで、これ以上待っていても仕方ないと思ったのか、シャルロット様は後ろを振り向いて女官へと声をかけた。

さすがに遅すぎる。お茶会に欠席するか遅れるかするなら、もう連絡が来ていてもいいはずだ。何も連絡もせずに欠席するのはありえない。事故に巻き込まれているのでなければいいけれど。

話題が和やかなものに変わりお茶をお代わりした頃、さきほど確認に行かせた女官が顔色を変えて戻って来た。

「あの……シャルロット様」

「どうかしたの？」

「ロチエ侯爵令嬢とウダール侯爵令嬢なのですが、側妃様の宮のほうへ案内されていたようです」

「え？」

「本日はラポワリー家の令嬢が主催のお茶会が開かれているそうで、そちらのほうに参加されているとのことです」

「それは何かの手違いでそちらのほうへ案内されたということ？」

「おそらくは」

どうやらフルールが同じ時間帯にお茶会を開いていたらしい。側妃様の宮は同じ敷地内にあると聞いているが、馬車で本宮に着いた令嬢を離れた場所にある側妃様の宮まで案内するだろうか。わざとそうしたとしか思えない。

「令嬢たちに声をかけて、こちらに案内してもらえるかしら」

「かしこまりました」

女官の顔色が悪いのも当然だ。私が本宮に着いた時、女官と近衛騎士が案内についていた。同じように令嬢たちにもついていたはずなのに、故意に側妃様の宮に案内したとなれば。相当の処分が下されるのは間違いない。

しばらくして、先ほどの女官と一緒に令嬢が二人入ってくる。その令嬢たちを見て言葉を失う。

一人は水色のドレス。もう一人は黄色のドレス。どちらも色あざやかな人工絹のドレスだった。

「ようこそ、と言いたいところだけど、何か手違いがあったようね。シャルロット・ルキエよ」

「アイーダ・ロチエですわ、シャルロット様。遅くなってしまって申し訳ありません」

「カーラ・ウダールです。遅れてしまったこと、お詫びいたしますわ」

二人とも遅れたことを謝ってはいるけれど、不機嫌そうな顔をしている。間違えて向こうに連れて行かれたことが不満というよりも……。

「さぁ、どうぞ。お座りになって？」

そのことに気がついているだろうけれど、シャルロット様はにこやかに席を示した。だが、二人は席に着こうとせず、顔を見合わせている。どうしたのかと思って、声をかけようとした時だった。決したようにカーラ様がシャルロット様へと向いて声を張り上げる。

「あの！　申し訳ありませんが、このまま失礼させていただきます！」

「え？」

「兄に出席するように言われてこちらに来ましたが、私はフルール様を支持しているんです。ですので、シャルロット様の相談役にはなれません！」

「私もです！　父に行きなさいと言われ、仕方なく来ましたが、やはりフルール様に王太子妃になってもらいたいのです。相談役は辞退させてください」

人工絹のドレスを見て、そうかなと思ってはいたけれど、こんなにはっきりと相談役を断って来るとは思わなかった。相談役へと名乗り出たのは侯爵家のほうなのに。

「そう……わかりました」

怒り出してもいいはずなのに、シャルロット様はいつものように微笑んで、心配そうにしている女官へと指示を出す。

「お二人を馬車までお送りして？」

「はい。かしこまりました」

女官と近衛騎士に促されるように令嬢たちは部屋から出て行った。出て行くと、シャルロット様は大きく息を吐く。

「大丈夫ですか？」

「ええ。侯爵たちには本人が辞退したからと報告しなくちゃね。どうしてもとお願いされていたのだけれど、それで納得するでしょう。本人たちが嫌がっているのに、無理に相談役につけても、ねぇ？」

「そうですね。あれだけはっきりとフルールを支持すると言っていましたから。父や兄に説得されても無理なのではないでしょうか」

「はぁぁ。自信なくなってきちゃうわ。アルバンと婚約発表したのはもう三年も前なのに、まさか結婚まで一年もない時期にこんなことになるなんて」

さすがに落ち込んでしまったのか、シャルロット様が頬杖をつく。苦笑いのまま焼き菓子を一枚とって、食べるのかと思ったらそのまま見つめている。

「あの……フルールが王太子妃に選ばれることはないと思うんです」

「なぐさめてくれるの？」

「いえ、あの、本当にフルールでは無理だと思うんです。勉強が嫌いで、礼儀作法の家庭教師さえ辞めさせてしまって」

「それでも、女神の加護の持ち主だわ。勉強なんて後からでもできるもの」

ため息交じりで言うけれど、本当にそうだろうか。後からでも頑張れば追いつける？　そんなわけはない。

「なぐさめようとして言っているんじゃありません。この国の貴族の一人として申し上げています。フルールが王太子妃に、王妃になったとしたらこの国はつぶれてしまいます」

「……」

「それに夜会の時、アルバン様がフルールにはっきり言っていたんです。見た目だけの空っぽに務まるわけがない、美しさなんて人それぞれの好みがあって、自分にはシャルロット様のほうが美しいと思うと」

「……本当に、アルバンがそんなことを？」

「はい、間違いありません。私だけじゃなく、ハルト様も聞いていました。アルバン様にとって、美しいのはシャルロット様なんです」

「まぁぁ」

アルバン様から直接言われたことがなかったのか、シャルロット様の頬が赤くなっていく。本当ならアルバン様自身から聞いたほうがいいんだろうけれど、このまま落ち込んでいるシャルロット様を放っておけない。

「シャルロット様、人工絹の件は私に任せてもらえませんか？」

「え？」

「このままでは私が悔しいんです。アルバン様がシャルロット様を婚約者に選んだのに、それをなかったことにしようとしている人たちが、今まで頑張って来たのに、努力を馬鹿にする人たちが許せないんです」

　私は知っている。ずっと頑張ってきたのに一瞬でなかったことにされる悔しさを。婚約者を奪われる時の無力さを。

　フルールが勝ち誇ったように笑うのを見た、あの時の悲しみを。

「私からハルト様やお義父様に相談してみます。シャルロット様が動くのはダメでも、私なら問題ありません。だって、私はもうすでにフルールと敵対していますから」

「フェリシー様。……本当に？」

「ええ、どこまでできるかはわかりません。うまくいくかどうかも。でも、できるかぎりのことはしたいんです。私に任せてもらえますか？」

「ありがとう、フェリシー様」

　泣きそうになりながらも笑うシャルロット様に、少しでも力になりたいと思う。私がハルト様に助けてもらったように、私も誰かの力になりたい。夕暮れになって、ガラスの向こう側が暗くなっていく。ハルト様が心配して迎えに来るまで、シャルロット様と対策を考えていた。

屋敷に帰って夕食を取った後、ハルト様とお義父様に今日のことを話すと、二人とも渋い顔をする。

「フェリシーとシャルロット義姉上が難しい顔をしていたわけだ。他の令嬢もいなかったし、どうしてだろうと思っていたんだ」

「フェリシー、人工絹のほうは私のほうで調べさせておこう。兄上に報告する前に、本当に人工絹が危ないのかどうか確認しておかないとね」

「あ、そうですよね。いくらシャルロット様から聞いたとしても、報告するためにはきちんと調べなくてはいけませんよね」

「布の取引自体はしていないが、うちの商会の傘下《さんか》にも古着屋はあったはずだ。まずはそのドレスを手に入れてからだな。報告が来たらフェリシーにも教えるよ」

「はい、よろしくお願いします」

とりあえず人工絹のドレスについては、調べた結果を陛下に報告することになった。アルヴィエ公爵家も商会をもっているらしく、人工絹のドレスを手に入れられるだろうとお義父様は言う。

「ただ、問題はそれだけじゃないな」

「フルールを支持する令嬢たちですか？」

「そうだ。側妃の宮でお茶会を開いていたと言っていただろう。そこに誘導した女官と近衛騎士は誰の指示で動いていたのか」

「それもそうだけど、その令嬢たちは本当に知らなかったのか？　フルールの支持者なら知っていて、そちらに参加したのかもしれない」

ハルト様に言われてはっとした。あの令嬢たちが着ていたのは人工絹のドレスだった。最初からシャルロット様のお茶会ではなく、フルールのお茶会に参加するつもりでいたのだろうか。それともシャルロット様のお茶会が開かれるのをフルールが知って、令嬢たちを自分のお茶会に来させて、シャルロット様に恥をかかせようとしたのか。どちらにしても大きな問題になる。

王宮でお茶会を主催できるのは王族とその婚約者として認められた者だけ。本宮ではなく側妃様の宮とはいえ、王宮の敷地内だ。王族の婚約者でもないフルールが主催でお茶会を開くなんて。許可が下りるわけはない。

「それも調べさせて、女官と近衛騎士を処分しなくてはいけないな。どちらにしても王宮内で王族の意向を無視して動く者など必要ない」

めずらしく怒っている様子のお義父様に、ハルト様がこっそり教えてくれた。昔、お義父様のほうが国王にふさわしいと勝手に動いていた文官と女官たちがいたそうで、巻き込まれたお義父様は大変な思いをしたそうだ。もちろんお義父様にその気はなく、文官と女官は処分されたという。


数日後、人工絹のドレスの報告が来たと教えてくれた。

「人工絹のドレスは火花の引火で一瞬で燃え広がったそうだ。予想していたよりもずっと燃えやすい。これは貴族でも危ないかもしれない」

「そんなにですか」

「とりあえず、兄上には報告して貴族には通達してもらうことになった。今すぐ着ることを規制するのは難しいが、危険だということは知らせておいたほうがいい」

「規制できないなら、回収することはできませんか？」

「回収？　ドレスを？」

もし規制できなかったとしたらとずっと考えていた。貴族が着るのは問題ないとされてしまった場合、平民に流れないようにするにはどうしたらいいかと。先日、うちの商会の傘下にも古着屋があると聞いてそれならと思っていた。

「シャルロット様が言っていたんです。着なくなったドレスは古着屋に売られて、そこから裕福な平民が買っていくって。なので規制するまでの間は古着屋のほうにお願いして、ドレスが売られた場合は公爵家で買い上げることはできませんか？」

「それはできると思うが」

「規制できるようになった時にはもう遅いかもしれません。それまで人工絹が市場に出回らないようにすればと思ったのです」

「なるほどな。やってみよう。王都に顔のきく商会は四つだけだ。うちとルキエ侯爵家、ジョフレ公爵家。あとは南の辺境伯家だ。ルキエ侯爵家とジョフレ公爵家はすぐに協力してくれるだろう。南の辺境伯家は直接のつながりがないから、兄上にでも聞いてみるよ」

「ありがとうございます！」

　これで大丈夫だろうとほっとしたのもつかの間、学園内で人工絹を見かけるようになっていた。制服があるのでドレスではなく、フルールを支持する令嬢たちが緑色のリボンを髪に結ぶようになったのだ。

　人工絹でできたリボンは色あざやかで、遠くから見ても目立つ。一学年から三学年まで、リボンをつけているのはC教室の者が多かった。B教室では少し見かける程度。A教室の者がつけていないのは、シャルロット様がA教室だからかもしれない。同じ教室の者はシャルロット様が学園の勉強と同時に領地の改革、その上、王太子妃教育を受けていたことを知っている。だからこそ、フルールを選ぶようなことはしない。

　勉強や礼儀作法などはどうでもいい、美しければいいという考えはC教室の者を中心に広まっていた。令嬢だけでなく、令息はハンカチーフを胸ポケットからのぞかせている。その数が日に日に増えていく気がして、どうなってしまうのだろうと不安に思う。

「まったく、何を考えているのかしら。本気であの女が王太子妃になれるなんて思っているなら馬鹿げているわ」

「それが、本気で支持しているみたいだったわ。ロチエ侯爵令嬢とウダール侯爵令嬢も」

「あの二人も勉強嫌いなのよね。特にウダール侯爵家は父親が亡くなってカーラ様の兄が継いでいるの。妹に甘いのよ」

「あぁ、そう言えば。兄に言われてお茶会に来たって言っていたわ。侯爵たちは本人が相談役を辞退したって聞いて頭を抱えていたそうだけど」

あの後、お義父様から令嬢たちのことも聞いた。侯爵家のほうから無理を言ってお茶会にねじ込んできた形だったのに、令嬢たちが勝手に辞退してしまいシャルロット様に恥をかかせた形になった。お茶会の話を聞いた陛下と王妃様もお怒りのようで、侯爵たちはしばらく議会には出ず謹慎することになったらしい。

もっとも令嬢たちは反省している様子はなく、大きな緑色のリボンを髪に結んで歩いているのを見かけた。あんなに大きな人工絹のリボンをつけていて大丈夫なのかハラハラしてしまう。

「そういえば、人工絹のドレスの回収の話はお母様から聞いたわ。フェリシーが言い出したのですって？」

ローゼリアのジョフレ公爵家にも協力を要請しているので聞いたのだろう。本当は私が言い出したわけではないが、シャルロット様の名前は出さないと、お義父様とも相談して決めていた。

「ええ。人工絹が燃えやすいと知って、ジョフレ公爵家に協力をお願いしたのよ。あとはシャルロット様のところにも。南の辺境伯家はお義父様からはお願いできなくて、陛下にお願いしてもらったみたい」

「ふぅん。南の辺境伯家ね。ねぇ、それってフェリシーにとって大事なこと？」

「ええ、もちろん」

私にとって大事なこと？　と聞かれ、即答する。私に任せてほしいと言ったからにはできるかぎりのことはしたい。もうすでに回収は始まっているようで、何枚か買い取ったと聞いている。

思った以上に人工絹のドレスは流行っているように感じた。

「本当は貴族が着るのも規制してほしいのだけど、すぐには無理みたいだから、せめて古着だけでも回収しておきたくて。火事が起きて犠牲者が出てしまうのは嫌でしょう？」

そう言うとローゼリアは少しだけ考えるように目を閉じた。

「どうしてもって言うなら、私から南の辺境伯家にお願いするわ」

「え？　ローゼリアは知り合いなの？」

「南の辺境伯家の嫡男がお兄様の友人なのよ」

「そうなの？　じゃあ、お願いできる？」

「わかったわ。連絡しておくから」

「ありがとう！」

これで王都内の古着屋からは問題なく回収できるはず。それ以外のところから流れてしまえば止めるのは難しいけれど、大量に流れることは防げる。止めている間に貴族たちが危険だと認識してくれるといいけれど。

「このままだと春の狩りも人工絹のドレスを着てくる者が多そうね」

「春の狩りって、どんなことをするの？」

「神に捧げるために王家の森で魔獣《まじゅう》を狩るのよ。魔獣が好む香木を焚いて、おびき寄せてから矢で狩って。女性たちは観覧席でその狩った獲物を捧げられるのを待つの。一番大きな獲物を捧げられた女性は、その年の祈願祭に出席することができる」

「女性に捧げる……」

「昨年はアルバンが婚約者に捧げたのが一番大きかったようね」

「じゃあ、シャルロット様が祈願祭に？」

「ええ、そうだと思うわ。その女性のことは女神役って言われているんだけれど、王妃様か王族の婚約者がその役目になることがほとんどよ」

「そう……女神役なんてあるのね」

その年一番の大きな獲物を捧げられ、王族と一緒に祈願祭に出席する栄誉。しかも女神役だなんて呼ばれているのなら。

「ねぇ、それってフルールがやりたそうじゃない？」

「あぁ、そういうの好きそうよね。王族と一緒に祈願祭って」

「しかも、昨年はシャルロット様。シャルロット様の代わりに王太子妃になりたがっているんだし」

「貴族たちに見せつけるいい機会だと思うわよね。あの女が女神役になったとしたらまずいわ」

ただでさえフルールの支持者は増えているというのに、女神役として王族と一緒に祈願祭に出るようなことがあれば。ますますフルールを王太子妃にという声が出るだろう。

「どうしたらいいのかしら」

「アルバンとハルトに言っておくしかないわ。あの二人が大きな獲物を狩ってしまえば問題ないのだから」

「うまくいくかしら」

「でも、それしかないと思うわよ？」

アルバン様が一番大きな獲物を狩ることができれば、捧げられるのはシャルロット様になるし、何も問題はない。だけど、狩りがうまくいくとは限らない。しかも魔獣が相手では危険だ。

ドレスの件はうまくいった気がしていたのに、また問題は増えていく。結局はフルールが王太子妃になることをあきらめない限り、どこまでも続いていくような気がした。

第十一章 ✦ 春の狩りと女神役

　学園から帰ってワンピースに着替えると、ドアをノックされる。同じように着替えたハルト様だった。後で話をしたいと言ったために来てくれたようだ。

「今、大丈夫？」

「はい」

　大丈夫だとわかるとハルト様はソファに座って、私をひざの上に乗せる。この姿勢はハルト様が近すぎて落ち着かないのだけど、離れて座るとハルト様が悲しそうな顔をするので、あきらめておとなしくしている。

「話って、何かあった？」

「実は、春の狩りが心配で」

「心配って？」

「去年の女神役はシャルロット様だったって聞いて。もしかしたらフルールがそれを狙っているんじゃないかと」

「あぁ、女神役か。そういえば去年と一昨年はシャルロット義姉上だったよ。王族は十二歳から出席することになっているから俺も出席していた」

　ハルト様は去年のことを思い出すように話している。王族が十二歳から出席できるのは知らなかった。令息令嬢が公式の場に出られるのは学園に入学してから。そのため、私やフルールが出席するのは初めてになる。

「狩りに出るって、危なくないのですか？」

「あまり危険はないんだ。春といっても暖かくないだろう？　魔獣たちも冬ごもりから目覚めたばかりでおとなしい。この狩りは、初夏の繁殖期前に魔獣の数を減らす目的でするものだ。繁殖期になれば魔獣は人を襲うようになるから」

「そういう目的なんですね」

「ああ。だから王家の森だけじゃなく、各領地でも似たような行事が行われているよ。女性に捧げて、神に安全を祈願するのは王家だけだけど」

各領地でも行われているなんて知らなかった。男性が中心となって行われる行事だからかな。

「ローゼリアはアルバン様かハルト様にお願いして、大きな獲物を狩ってきてもらえばいいって言うんですけど、そんな簡単な話じゃないですよね」

「フェリシーがお願いするなら、頑張るよ？」

「え？」

あまりにも簡単に言うものだから驚いてハルト様を見上げると、すかさず頬にくちづけされる。ちょっとでも隙を見せるとこんな風にくちづけされてしまうけれど、唇にはされない。お義父様に止められているからだと思うけれど、ほっとするのと同時に少しだけ物足りない気もしている。

「冬ごもり後の魔獣は隠れていることが多い。その中には擬態《ぎたい》や認識阻害《そがい》をかけている魔獣もいる。だけど俺の目なら魔獣がどこにいるのかすぐにわかる」

「それでも……少し心配です」

「俺のことじゃないから話せないけど、兄上の加護もある。二人の力を合わせれば誰にも負けないと思うよ」

「アルバン様と力を合わせて……」

そういえばローゼリアが言っていた。アルバン様にも神の加護があるって。だからこそ、神の加護がないエミール王子が陛下の子ではないと噂されていると。そうだ、エミール王子も春の狩りに出席することになるんだ。

「あの、エミール王子はどうされるのでしょう？」

「エミールは出ないと思う。あいつは一度も出席していないんだ。側妃も出てこない。出ても獲物を捧げてもらえないことがわかっているからな。そういう場には二人とも出てこないんだよ」

少しさみしそうなハルト様に、思わずハルト様の髪を撫でてしまう。さらさらとした黒髪を撫でると、ハルト様が驚いているのがわかる。

「ダメでした？」

「いや、フェリシーがふれてくれるのはうれしいけれど、どうして俺を撫でてくれたのかわからなくて驚いた」

「なんとなく、ハルト様がさみしそうに見えて」

「あぁ、そうか。気にさせてしまって悪い。……エミールは、王族でいたいわけじゃないんだ」

「え？　王族に残りたいと思っているのだと」

「あいつは母親のそばにいるために王族に残りたいんだ。本当は優秀なのに何もできないふりをしている。そうして邪魔にならないようにして、側妃が表に出なくていいように」

「あぁ、だからC教室なんですね」

C教室は学力に関係なく、勉強する気がない者が集められる。もしエミール王子が優秀だとしても、出来が悪いように見せたいのなら、家庭教師の前でやる気を見せることはしないだろう。

「もったいないと思うし、兄弟として交流できないかと思ったこともある。だけど、あいつにとって大事なのは母親だけなんだ。俺が何を言っても変わることはなかった。さみしそうに見えたのは、それを思い出したからだろう」

「そうなのですか。じゃあ、フルールのそばにいるのも側妃様のためなのですね？」

「おそらくね。だからエミールに関しては春の狩りは心配しなくていいと思う。わざわざ母親に嫌な思いをさせてまで出席することはないはずだ」

「わかりました。では、ハルト様がアルバン様と協力して、シャルロット様に大きな獲物を捧げてもらえれば大丈夫ですね」

女神役の件はなんとかなりそうでほっとしていると、ハルト様にぎゅっと抱きしめられる。

「あーもう。本当はフェリシーに捧げようと思ってたのに」

「え？」

「今年は兄上とは別行動にして、フェリシーに狩ってこようと思ってたんだよ。だけど、そんな風に言われたら、兄上に協力しないわけにはいかないだろう。来年は絶対にフェリシーに捧げるから」

「ふふ。その気持ちだけでうれしいです。でも、そうですね。いつか捧げてもらえるのを楽しみにしていますね」

「ああ。必ず捧げるから、待っていて」

まるで誓いの言葉のようだと思っていたら、唇が重なった。一瞬だけふれて、見つめ合う。

今、頬でも額でもなく、唇だった。そのまま動けずにいたら、もう一度ゆっくりと顔が近づいてくる。避《よ》けようと思ったら避けられたはずだけど、自分から目を閉じた。ふれている唇からハルト様の熱が伝わってくる。

「人のために頑張るフェリシーを応援しているけれど、俺の一番はフェリシーだってこと、ちゃんとわかっていて」

「……はい」


新年となり、王宮での議会に出席していたお義父様とハルト様が、ぐったりした様子で公爵家に帰ってきた。今回はラポワリー家から取り上げる領地についての話し合いだと聞いていたが、何か問題でも発生したのだろうか。

「話し合いはどうでしたか？」

「あぁ、結論としてラポワリー家は侯爵家から伯爵家になった。議会後すみやかに通達が出されたよ」

「そうですか」

生家とはいえ、残念だという気持ちはなかった。ただ領地が半分になることは気になっていた。取り上げになった領地をどの家が持つことになるのか。

「領地なんだが、王領とすることで決まった」

「え？　王領ですか？」

「一時的にな。どこの伯爵家を陞爵《しょうしゃく》させるかでもめてね。最終的に候補は三家まで絞られたんだが、これという決め手がなかった。とりあえず王領にしておいて、一年後に決めることになったよ」

「そういうことでしたか」

この国の侯爵家は六つと決められている。そのため、ラポワリー家の爵位を落とす代わりに、力の強い伯爵家の爵位をあげることになっていた。その一つがどこか決められなかったために様子を見ることにしたらしい。

「そんなにもめたんですか？」

「あぁ、それもひどかったんだが、その話し合いが終わった後、アルバンの婚約者を変えたほうがいいのではと言い出した者がいてね」

「え？」

「フルールのほうが王太子妃にふさわしいと言い出して義姉上が激怒していたよ。王太子妃の仕事はそんな簡単にできるものではないと」

王妃様が怒るのも無理はない。フルールに王太子妃の、王妃の仕事など無理だと思う。いくら美しくても公用語すら話せないのでは外交もできない。

「いや、アルバンのほうが怒っていたかな」

「あぁ、兄上は本気で怒っていたね。そりゃあ、シャルロット義姉上を側妃にしたら、なんて言われたら怒るのも当然だよ」

「えぇぇ？　そんなことを言い出した人がいるんですか？」

「兄上がシャルロット義姉上が王太子妃じゃないなら王太子を下りると言ったから、その話は終わったが……嫌な流れだな。当主までフルールを支持し始めるとは思わなかった」

「さすがにまだ一部だけだがな。数名が賛同しただけで、残りは渋い顔をしていた。これ以上支持者がでないうちに結婚させてしまわないと」

これまでフルールの支持者は女性が多かった。だが、学園でも少しずつ男性の支持者が出てきている。まさか貴族家の当主にまで影響があるとは思ってもいなかった。

「だがなぁ。アルバンとシャルロットの結婚を早めたところで、今度はフルールを側妃にと言い出す者が出かねない」

「フルールに王子妃教育を受けさせてみてはどうでしょうか？　勉強嫌いのフルールですから、嫌がると思うのですけど」

「ダメだな、それでは逆効果だ」

「え？」

いい方法だと思ったのに、お義父様は首を横に振った。リリー先生の指導は厳しかったし、それ以前にフルールは基本的な教養がない。王子妃教育を受けさせたら初日で逃げ出すと思うのに、どうして逆効果に？

「今の側妃は王子妃教育を受けていない」

「あ」

「正式な妃ではないが、表向きは側妃扱いだ。そういう前例を作ってしまった以上、フルールもそうすればいいとなる。それに一度でも王子妃教育を受けさせたら、王家もフルールを妃にするつもりがあると思われる」

言われてみたら納得する。それに、アルバン様が頑張って否定していることも無駄になってしまうし、シャルロット様も傷つくことになる。もう少し考えてから話せばよかった。

「そう落ち込むなよ。フェリシーが兄上とシャルロット義姉上のことを考えてるのはわかる」

「ハルト様……」

「大丈夫だ、最後まで兄上は抵抗するだろうし、俺たちも止めるように頑張るから」

「はい」

落ち込みそうなのに気がついたのか、ハルト様が私の頭を撫でてくる。それを見たお義父様が慌ててハルト様に注意する。

「あまりフェリシーにふれるんじゃない」

「わかってるよ」

もうすでにくちづけされましたとは言えず、そっと目をそらす。ハルト様はお義父様に言われたからか、私から少し離れる。

「あぁ、そうだ。春の狩り、観覧席が二か所になりそうだ」

「二か所ですか？」

「例年なら休憩室の二階のテラスに席を作るんだが、休憩室の中にも観覧席を用意することになった」

「テラスのほうが良く見えると思いますが、何か問題でも？」

「テラスにはかがり火が焚《た》かれている」

「かがり火……あ、人工絹のドレスのせいですか？」

春の狩りは夜になるまで続けられる。夜のほうが魔獣が出てきやすいからだ。そのため、テラスや狩場ではかがり火を焚いて明るくしているらしい。

「念のため、かがり火も観覧席からは少し離れた場所に設置するが、それでも危険なことには変わりない。人工絹のドレスを着ている者はテラスには出てはいけないことにした」

「それは仕方ないですよね。本当に危ないのですから」

「議会に出ていた者たちも、それについて文句は出なかった。自分たちの妻や娘が危ないとわかれば、テラスに出られないくらい仕方ない」

「これで少しは人工絹のドレスが減ってくれるといいのですが」

「そううまくいくといいのだがなぁ」

そうはいかないだろうと思っているのか、お義父様は難しい顔をしたままだった。

部屋に戻ろうとしたら、ハルト様が部屋まで送ってくれる。屋敷の中なのだから送らなくてもいいのだけれど、私がそれだけ暗い顔をしていたらしい。

「あまり悩みすぎないようにな？」

「はい」

「ん」

部屋の前まで送ってくれると、一度だけくちづけをしてハルト様は戻っていく。うれしかったけれど、お義父様に見つかるのも時間の問題かもしれない。


春の狩りはまだ新芽も出ていない時期に行われる。そのため、狩りを待つ女性たちのために用意される休憩室は暖かく、休憩室のテラスにつくられる観覧席も寒さを感じないようにできているらしい。

「それでも狩場は寒いし行き帰りも寒いから、待っててくれるフェリシーにはこれを用意したんだ」

「ショールですか？」

「ああ。これをかけていたら風邪ひかないかと思って。それに、すぐにフェリシーを見つけられるだろう？」

「ふふ。そうですね。ありがとうございます」

王家の森へ向かう馬車の中で渡されたのはショールだった。真っ白な生地に銀糸で刺繍がされたショールはもこもこで可愛らしい。厚手の赤いドレスの上に羽織るとショールの白が強調されて、これならどこから見ても私がいる場所がわかりそうだ。

馬車が王家の森に着くと、もうすでにたくさんの貴族が集まっていた。休憩室を開放する前に説明があると言われたようで、狩場の手前にある広場で待機している。その中にローゼリアがいるのを見つけ声をかける。

「ローゼリア、もう来ていたのね」

「フェリシー、説明があるからと待たされているの。ねぇ、ハルト。去年までこんなのあった？」

「騎士からの説明？　去年はなかったよ。だけど、父上からの指示だろう。ほら、説明に出てきたのは近衛騎士だ」

騎士からの説明って何だろうと思っていると、一人の近衛騎士が前に出てくる。その手にはあざやかな緑色のドレス……あれ？　夜会でフルールが着ていたドレスに見える。

「今年の観覧席は二か所にわけました。このような人工絹のドレスを着ている方は、テラスに出ないでください」

「なんでだよ。休憩室の中からじゃ見えないだろう」

「そうだ、そうだ。フルール様に見てもらえないとやる気がでないだろう」

フルールの支持者なのか、前の方にいた令息たちが騎士に文句を言っている。狩りをしている自分を見てほしいから、狩場が見やすいテラスにいてほしいらしい。たしかに休憩室の中から見るのは大変だ。このために休憩室の二階はガラス張りにして見やすいように改築してあるが、ガラス張りの外はテラスになっている。テラスに出たほうが見やすいに決まっている。

「テラスに出てはいけないのは、それだけ危険だからです。テラスと狩場にはかがり火が焚かれて、大変危険です」

別の騎士が運んできたのは、火がついていないかがり火の台だった。三本の柱の上に籠《かご》がついていて、そこに薪がのせられている。照明として使うためなのか、私よりも背丈がある。思っていたよりも大きい。

「昼間のうちからこれに火をつけて使います。これは照明にもなりますが、魔獣除けの効果もあります。狩場で焚いている香木は魔獣をおびき寄せるものですが、その影響で休憩室に魔獣が近づいてしまわないように、休憩室のかがり火では魔獣除けの木をくべています」

「いや、危険なのはわかるけど、そばに行かなきゃいいだけだろう。他のドレスなら大丈夫なのに、なんで人工絹のドレスだけダメなんだよ。嫌がらせしたいだけなんじゃないのか？」

「え、まさかフルール様への嫌がらせなのか？」

「そんなのひどいわ」

かがり火があるからという説明だけでは納得できなかったのか、あちこちで騎士への文句が聞こえる。だが、騎士は予想していたのか、近くにいた令息たちへ離れるように声をかけた。

「実際にどのくらい危険なのかお見せします。本当に危ないので、少し後ろに下がってください」

騎士から威圧《けお》されるように言われた令息たちが離れると、騎士はかがり火に火をともす。そして、木の棒の先にくくりつけたドレスを火のそばに近づけた。かがり火からパチンと火花が飛んだと思ったら、離れているドレスに引火した。ドレスはぼうっと音を立てて、あっという間に火に包まれる。

騎士へ文句を言っていた者たちも青ざめて後ろへと下がった。人工絹のドレスを着ている者が何人もいるのだ。自分のドレスがああなってしまった場合、どんなことになるか想像できたらしい。

「一応は教会の治癒士を待機させています。ですが、全身をやけどするような状態では助けられないそうです。もう一度言います。テラスの観覧席には行かないでください。ぐるっと囲うようにかがり火が焚かれています。魔獣除けのため、消すことはできません。人工絹のドレスの方がかがり火に近づいて燃えてしまったとしても、騎士たちは助けることが難しいです。以上です」

「「「………」」」

もう何も反論は聞こえなかった。あれだけ勢いよく燃えるのを見てしまえば、そのくらいとはもう言えない。

休憩室へと移動する令嬢たちの顔色が悪い。帰りたそうな顔をしている者もちらほらいるようだ。今、自分がどれほど危険なドレスを着ているか理解したら、一刻も早く脱ぎたいと思うだろう。

　だけど、人工絹のドレスはフルールを支持する証になっている。フルールが着るのをやめないかぎり、令嬢たちも脱ぐことはできない。

　その時、緑色ドレスの集団がいるのに気がついた。その中でも目立つのはフルールだ。同じような人工絹のドレスを着ているのに、やはりフルールの美しさだけが際立っている。

「フルール」

「……フェリシーなの？　なによ、そんなショールなんて羽織って。どうせ似合わないくせに。それで、私に何か用？」

「ねぇ、もう人工絹のドレスはやめたほうがいいんじゃない？　さっきのを見たでしょう？　危ないのよ？」

「それはできないわ」

「どうして？」

「このドレスを流行らせることで支援してもらってるからよ。この国だけじゃなく隣国からも支持されているの。私が王太子妃にふさわしいって、みんな言っているわ。ねぇ、ミレー？」

　え？　ミレーを連れて来ているの？　観覧席には各家の侍女は入れないはずなのに。そう思ったら、ミレーもあざやかな緑色のドレスを着ていた。

「フェリシー様、お久しぶりですわね」

「ミレー、どうしてここに？　それにドレス？」

「ふふ。先日、ウダール侯爵家に嫁いで侯爵夫人になりましたの。これもすべてフルール様のおかげですわ」

「ウダール侯爵家に嫁いだ？」

「ええ」

綺麗になった頬に、自信あふれるようなミレーの笑顔。そのこと自体は喜ばしいと思うけれど、ウダール侯爵には妻がいたはず。カーラ様の兄が侯爵になっているが、数年前に結婚したと記憶している。もしかして、ミレーの元婚約者がウダール侯爵だった？　綺麗になったからよりを戻したということ？

「ミレー、結婚したのね、おめでとう。とても喜ばしいけれど、そのドレスが危険なのはわかるでしょう？　ミレーからもフルールに言ってあげて？　着ないほうがいいって。治癒士でも助けられるかわからないのよ？」

「だからこそ、休憩室の中にも観覧席をもうけたのでしょう？　フルール様がテラスに出なくても令息たちは喜んで獲物を狩って来ますわ」

「テラスに出ないというのであれば……いいけれど」

そう言われてしまえば、休憩室内にいれば安全だと陛下が判断している。テラスに出ないというのなら、これ以上文句を言うわけにもいかない。

「まったく。そんなことで引き留めたの？　こっちはフェリシーのせいで大変だっていうのに」

「大変って？」

「あなたが騒いだせいで爵位が落とされたし、領地を取り上げられたのよ？　そのせいでお父様は領地に行ったまま戻らないし、お母様は寝込んでしまうし。全部あなたのせいじゃない」

「そんな！　私のせいじゃないわ」

お母様が寝込んでいるなんて知らなかった。でも侯爵家であることに誇りを持っていたお母様なら寝込んでもおかしくない。

だからといって、それは私のせいじゃない。フルールと同じように私を育てなかったお母様のせいでもあると思う。

それなのに、フルールは私のせいだと言うのか。私を虐げていたのはフルールもなのに、自分の責任は感じていない。

「フェリシーが何も言わなければこうならなかったのに。そうだ、お詫びに陛下たちに私を推薦しなさい。王太子妃にふさわしいのは私だって」

「嫌よ。それだけは何があっても言わない」

「どうしてよ。姉なんだから、そのくらいは役に立ちなさいよ。本当にどうしようもないわね。私に迷惑ばかりかけて」

姉なんだから。私だってそう思って頑張って来たのに。姉妹として、家族として扱わなかったのはフルールじゃない。怒りで叫び出しそうになった時、前に出てきたのはローゼリアだった。

「フェリシーは何も問題ないわよ！　役に立ちそうにないのはあなたじゃない、フルール！」

「なんですって？」

「顔だけのお人形に妃がつとまるとでも思っているの？　公用語も話せないくせに、どうやって王妃の仕事をするつもりなのよ。コレット様と同じことがフルールにできるわけないじゃない！」

　私たちの会話を聞いて我慢できなかったのだろうけれど。言い合いを始めるフルールとローゼリアにどうしていいのかわからない。おろおろしていると、後ろからハルト様にささやかれる。

「俺が助けようと思ってたのにローゼリアに先を越されたな。まぁ、いい。ここはまかせてくれ」

「ハルト様？」

　何をするのかと思えば、ハルト様は大きな声でひとりごとを言う。

「春の狩りは開始前から神聖な行事だったと思うが、言い争いをするような者は女神役にはふさわしくないだろうなぁ」

　その言葉にはっとしたのか、フルールは周りを見た。ローゼリアとの言い合いを貴族たちに聞かれていることに気がついたのか、取り繕《つくろ》うようににっこりと笑う。そして、何事もなかったかのように私へと挨拶をして去ろうとした。

「じゃあね、フェリシー。あぁ、ハルト様とは祈願祭でまたお会いすることになりそうね」

　もうすでに自分が女神役だと思っているのか、フルールはご機嫌な様子で休憩室へと向かう。そして、その後ろから令嬢たちがぞろぞろとついて行く。集団の中にウダール侯爵家のカーラ様とロチエ侯爵家のアイーダ様も見えた。

「なんなの、あれ。あの女が女神役に選ばれるわけないじゃない！」

「ローゼリア、怒ってくれてありがとう」

「……いいのよ。私が言いたかっただけだから」

お礼を言ったら興奮していたのが恥ずかしくなったのか、ローゼリアは少しだけ頬を赤らめた。

フルールと話している間に、もうすぐ狩りが始まる時間になっていた。ハルト様は狩場のほうに向かうので、ここで一旦お別れになる。

「フェリシー、あの緑の集団には近づかないで」

「え？」

「そうね、私も近寄らないほうがいいと思う。もし何かあって引火したとしたら、こちらまで巻き添えになってしまうわ」

ハルト様とローゼリアが冷めたような目で緑色ドレスの集団を見ていた。もし一度でも引火してしまえば、あの集団全員が犠牲になる。そばにいたら私たちも危ないかもしれない。さきほどの燃えたドレスを思い出してぞくりとする。

「わ、わかりました。絶対に近づきません」

「そうしてくれ。ローゼリア、フェリシーを頼んだよ」

「大丈夫よ、言われなくてもフェリシーのそばにいるわ」

「じゃあ、俺は狩場のほうに行くから。絶対にローゼリアのそばを離れないで。何かあれば、ネックレスで俺を呼んで」

「ハルト様もお気をつけて。無理はしないでくださいね？」

「ああ、行ってくる」

　私よりも魔獣を狩りに行くハルト様のほうが危ないに決まっている。それなのに、平気そうな顔で私の頭を撫でて狩場へと向かう。その後ろ姿を見送ってから、ローゼリアと休憩室へと歩き出した。


　ローゼリアと休憩室に向かうと、入ったところから混雑していた。階段を上がって二階に行くと、そこには緑色ドレスの集団がいる。なるべくそちらのほうは見ないようにテラスに出た。

　テラスは思っていたよりも広く、丸いテーブルが十以上も置かれていた。そのそれぞれに六脚の椅子が並べられている。一番狩場が見やすい席は王族用なのか、誰も座っていなかった。

「まだ叔母様たちは来ていないのね。先に座りましょうか」

「私たちもこの席でいいのかしら？」

「何を言っているのよ。フェリシーは王弟の娘でしょう？」

「あ……そうね」

　まだ自分が公爵令嬢だと忘れていることがある。もともと侯爵令嬢だから身分は高いはずだけど、それを意識するような場所に行ったことがないからかもしれない。

「叔母様たちと一緒にお母様も来るはずよ」

「そういえば王妃様の相談役なのよね」

「ええ。もともと叔母様とお母様が親友で、そのおかげでお父様と結婚したの。お母様たちはA教室で一緒だった頃から、ずっと仲良しなのよ」

「それはうらやましい関係ね」

「なによ、私とフェリシーもそうでしょう」

「ええ、それはもちろん」

ふふふと笑い合っていたら、休憩室のほうがざわついている。何か起きたのかとそちらのほうを向いたら、王妃様たちが到着したところだった。

黒髪をまとめ、薄黄色のドレスを着た王妃コレット様。そして、落ち着いた緑色のドレスを着たシャルロット様。もう一人は栗色の髪をゆるく巻いた小柄な女性。黒いドレスを着ているため王妃様と対照的な色なのだが、かえってお揃いに見える。この方はきっとローゼリアの母、カルロッタ様だろう。母娘《おやこ》で栗色の髪に緑目。小柄で華奢で可愛らしく見える。

出迎えるためにローゼリアと席を立って近づいて行くと、王妃様が私たちに気がついたようだ。

「もう来ていたのね、フェリシー」

「はい。私たちも来たばかりです」

「そう、ローゼリアも久しぶりね」

「叔母様、お久しぶりです」

久しぶりに王妃様に会えてうれしいのか、ローゼリアの目が輝いている。だが、すぐに隣にいた女性へと視線を動かした。

「お母様、フェリシーよ」

「ふふふ。フェリシー様、ローゼリアの母、カルロッタですわ。娘と仲良くしてくれてありがとう。困らせていないかしら？」

「いいえ、ローゼリアに仲良くしてもらえて助かっているのは私のほうです。あの、初めてのお友達なので」

「お母様、私は迷惑かけてなんていないわ。もう！」

「そう、それならいいの。これからもよろしくね？」

「はい」

　王妃様とカルロッタ様はこれから夫人たちの挨拶を受けるらしい。待ちかねていたように集まってくる夫人たちに場所を譲って、私とローゼリア、シャルロット様はお二人から離れる。

「シャルロット様は挨拶される側ではないのですか？」

「まだ婚姻前だから。来年はそうなる予定だけど」

　不安そうにシャルロット様が見たのは休憩室の中だった。一面がガラス張りになっているので、テラスからも中が見えている。緑色のドレスを着た令嬢と夫人がフルールを囲んでいるのが見えた。テラスにいる令嬢と夫人と同じくらいの人数がいそうな気がする。これはこの国の女性が二分されてしまっていることになる。本当にアルバン様と結婚できるのか不安になるのもわかる。

「いつか、私も挨拶される側になります。その時にはいろいろと教えてくださいね、シャルロット様」

「え……ええ、そうね。フェリシー様が一緒にいてくれたら心強いわ」

少しは落ち着いたのか、笑顔を見せてくれたシャルロット様にほっとする。アルバン様の心はシャルロット様と決まっているのに、これほどまで悩むのは、支持者を増やし続けるフルールのせいだ。

「むかつくわねぇ」

「え？」

「二人して王族の妃になるからって、もう！」

「あ、ごめんなさ……」

しまった。王太子妃になろうとしてアルバン様に断られ、ハルト様と婚約しようとして断られたローゼリアがいたんだった。

「もう、いいわよ」

それほど怒っていなかったのか、本気で怒ったわけではなかったのか、ローゼリアはすぐに機嫌を直した。だけどこの三人で狩りの間もつのかと思っていたら、テラスの下が騒がしい。

「あら、もう獲物を狩ってきた人がいるのね」

「まぁ、本当ですね」

テラスから顔を出して下をのぞき込んでみると、大きな鳥のような獲物を抱えている令息がいた。

「ああやって、休憩室の前に獲物を並べていくの。大きい獲物は奥に、小さい獲物は手前に。最終的に一番奥にあるのが一番大きな獲物ということになるわ」

「もうすでに狩りは始まっているんですね」

ここから狩場の方を見ても、遠くてよくわからない。これから狩りに行くのか、もう戻って来たのか、休憩室の周りにも男性がうろうろしている。

「ずっと狩りをしているわけじゃないの。何度か休憩室に戻って来て軽食をとったりもするから。そのうちアルバンとハルト様も戻って来ると思うわ」

「そうなんですね」


三人でお茶を飲んで話しているうちに時間が過ぎ、狩りが始まってから三時間が過ぎた。ずっとお茶を飲んでいたせいか、化粧室に行きたいとローゼリアが言うので一緒に行くことにした。

テラスから休憩室に入ると、緑色ドレスの集団がこちらを見るのがわかった。嫌な感じはしたが、そちらは気にしないで一階の化粧室へと向かう。

用を済ませて、またテラス席へと戻ろうと階段を上がったところで、誰かが立っているのが見えた。ウダール侯爵家のカーラ様とロチエ侯爵家のアイーダ様だった。にやにやと笑いながら、私たちが戻ってくるのを待っていたようだ。

「フェリシー様。フルール様が一緒に観覧しましょうと」

「ごめんなさい。テラスに戻るわ」

「あら、姉妹なのに冷たいのですね。フルール様のお誘いをそんな風に断るだなんて」

「フルール様の力に嫉妬しているというのは本当でしたのね。普通の姉妹なら、フルール様が王太子妃になるように応援するべきなのに。おかしいですわ」

　フルールに関わりたくないというよりも、緑色ドレスの集団に関わりたくないと思って断ったのだが、二人は断られると思っていなかったようだ。二人から責め立てられ、言い返す言葉がうまく見つからない。

「お二人とも、強引なお誘いはみっともないわよ」

「なんですって？」

「ローゼリア様には関係ないですわ。テラスに戻ってください」

「嫌よ。フェリシーは私と楽しく観覧していたのに、邪魔をしてきたのはそちらじゃないの。私と、いえ公爵家と敵対したいの？」

「敵対だなんて……ねぇ」

「ええ。ただ私たちはフェリシー様をお誘いしているだけで」

　後ろにいたはずのローゼリアが私を隠すようにして二人に言い返してくれる。その優しさに感謝しながらも、ちゃんと自分で言い返さなくてはいけないと思う。私もアルヴィエ公爵家の娘なのだから、侮《あなど》られてはならない。

　ローゼリアの隣に立ち、二人をまっすぐ見据えてからもう一度断る。

「悪いけど、そちらに行くことはできないわ。お義父様とハルト様から、人工絹のドレスのそばには近寄らないようにと言われているの。誰がそこにいたとしても同じよ。そのドレスのそばにはいたくないの。わかるでしょう？」

そう言い返せば、先ほどの燃えたドレスを思い出したのか、自分たちが着ているドレスを見た。彼女たちも不安はあるらしい。

「フルールが話したいというのなら、人工絹のドレスじゃない時にしてと伝えて」

「そうね。王子妃になる予定のフェリシーを危険な目に遭わせたとなれば、あなたたちも今度は無事では済まないでしょうね」

シャルロット様の相談役を辞退した話を知っているからか、ローゼリアも忠告をする。たしかに次に何かあれば、さすがに当主から罰を受けるだろう。いくら甘やかしていると言っても、当主として処罰を下せなければ貴族社会で信用されなくなる。

「テラスに戻りましょう、ローゼリア」

「ええ、そうね」

何も言わなくなった二人の横を通り過ぎ、テラスへと向かう。

その時、どたどたと階段を駆け上がってくる大きな音に気がついた。こんな乱暴に階段を上ってくるなんて、どこの令息だろう。

「邪魔だどけ！　切り殺すぞ！」

「え？」

「きゃあ！」

男の怒声と女性の悲鳴が聞こえ、階段を見たら途中のあたりで何人か女性が倒れている。休憩室に向かってくる男は短剣を振り回し、誰かを探すようにあたりを見回した。

「ひぃ」

「に、逃げなきゃ」

男に気がついた令嬢たちが逃げようとして、テラスに向かって行く。その時、誰かの声が響いた。

「テラスはダメよ！　燃えてしまうわ！」

そのことを思い出し、緑色のドレスの令嬢たちは逃げ場を失う。それでも何とか逃げようと、休憩室のすみのほうへと移動するが、男も短剣を振り回しながら近づいてくる。

「フルールぅ！　迎えに来たよ！」

その名を聞いて、みんなの視線がフルールに集まる。そのせいで、ミレーに隠れるようにしていたフルールが男に見つかった。

「そこにいたんだね。フルール。やっと見つけたよ……ははは」

「な、なによ。あなた誰なの！」

「誰……？　ひどいな。あんなに愛し合ってたのに。もう誰なのかもわからないのか？」

愛し合って？　その言葉にもしかしてと思う。かぶっていたフードを下ろすと、痩せ細った首と青ざめた横顔が見える。

「ブルーノ？」

気がついて、つい名前を呼んでしまった。それに反応したのかブルーノが振り返る。

「なんだ。フェリシーもいたのか。どうせ、俺のことを笑っているんだろう。フルールに捨てられてざまあみろって」

「そんなこと……」

「全部、フェリシーのせいよ！　ブルーノと別れなさいってフェリシーが私に！」

「は？」

ミレーに隠れたままフルールが叫ぶ。こんな時になってまで私のせいにするの？

「そうか。やっぱりフェリシーのせいだったのか！」

「違うわ！」

すぐに否定したけれど、ブルーノはフルールの言葉を信じてしまった。うつろな目のまま、短剣をぶら下げ、こちらへゆっくりと近づいてくる。

「フェリシー！　テラスへ逃げて！」

「だめよ！　ローゼリアを置いて行けないわ！」

私を庇《かば》おうとローゼリアが前に出る。その身体に抱き着いて、ローゼリアを後ろへと戻そうとするが、二人ともに倒れてその場にしゃがみ込んでしまう。

「だめ！　ローゼリアを傷つけないで！」

第十二章 ✦ 春の狩りと女神役（ハルト視点）

春とは名ばかりで森の中の気温はまだ低い。冬ごもりが終わっても、魔獣はあまり行動せずに体力を温存している。

フェリシーにお願いされていた大きな魔獣を狩ることを目指して、森の中を見渡す。

兄上の持つ神の加護、考えていることが聞こえる心眼は、行動している魔獣相手にはいいが隠れている魔獣には弱い。こういう時は俺の持つ真贋の目のほうが使い勝手がいい。

今日、何頭目の魔獣になるだろうか。かなり大きな魔獣が隠れているのが見えた。

「兄上、左斜め前方の赤茶色の岩に擬態している」

「わかった。矢で十分か」

「ああ、近づかないほうがいい。逃したら俺も追撃するから」

「頼んだ」

岩に擬態する魔獣の多くは表皮が硬い。本当なら剣で切りつける方が致命傷になるだろうけれど、あの大きさの魔獣に暴れられたらまずい。巻き込まれてしまえば怪我をするのは間違いない。

王太子でもある兄上に怪我を負わせるわけにはいかないし、俺が怪我をしてもフェリシーが心配する。威力は弱いが、矢で倒すしかない。

狙いを定めて兄上の弓がしなる音がする。次の瞬間、ひゅんと矢が飛んで行くのが見えた。

魔獣が悲鳴を上げ暴れ始める。距離を取っておいて正解だ。俺も弓をつがえて、矢を離す。擬態が解けた後だから頭部を狙いやすい。矢は頭部を貫通して、大きな音を立てて魔獣は倒れた。

「よし、倒れた。兄上、これ以上の大きな魔獣はもう出てこないと思う」

「もう五体目だし大きさも十分だな。休憩をしようか」

シャルロット義姉上に獲物を捧げるため、どうしても大きな魔獣を倒す必要があった。もし他の者がフルールに捧げた獲物のほうが大きければ、祈願祭の女神役を奪われてしまう。そうなれば、またフルールを王太子妃にという声が大きくなってしまう。それだけは避けなくてはいけない。

獲物を運んでから休憩に入ろうとしたら、知っている顔が近づいて来るのが見えた。ジョフレ公爵家の嫡男フェリクスと南の辺境伯家嫡男のテオドールだ。二人とも兄上の学園時代の同級生で、今でも仲の良い友人だ。

ローゼリアの兄のフェリクスは俺の従兄でもあるので昔から知っているし、今でも王宮によく出入りしているので会うことも多いが、テオドールの方は久しぶりに見る。南の辺境伯家に帰った後、王都に出てくるのは初めてじゃないだろうか。

「やぁ、アルバン、ハルト。さすがだね、もうこんな大きな獲物を？」

「ああ、フェリクス。テオドールも一緒だったのか。今回は気を抜けないからな。だが、そろそろ休憩に入るところだった」

「俺たちもそうだよ。休憩に入ろうとしていた。一緒に行こうか」

「テオドールは久しぶりだな。いつ王都に来たんだ？」

「ええ、ハルト様。お久しぶりです。王都に来たのはつい最近ですね。いろいろとあって」

少し思わせぶりなテオドールに、兄上に何かあるのかと視線を移す。

「テオドールを側近にすることに決めたんだ」

「は？　テオドールは嫡男だったよな？　だから南の辺境伯家に帰ったんじゃなかったか？」

成績は優秀だし、剣技も素晴らしかった。見た目も銀髪青目で整った顔立ちをしているテオドールが嫡男を下りるなんて辺境伯が許すのか？　いったい何があったのかと思えば、フェリクスがからかうように言う。

「テオドールは結婚したい相手がいるんだ。そいつがわがままなお嬢様だから、王都から離れたくないっていう願いを叶えようとして自分から嫡男を下りたんだよ。それを辺境伯に許してもらうのに、こんなに時間がかかったんだよな？」

「へぇ。結婚したい相手か。テオドールにそんな相手がいたんだな」

知らなかったと言えば、なぜか兄上とフェリクスが大笑いする。テオドールは気まずそうだし、何か余計なことでも言っただろうか。

「……ローゼリアですよ」

「は？　ローゼリア？　本当に？」

「はい」

あのローゼリアをテオドールが？　見た目は綺麗かもしれないけど、あのわがまま令嬢のローゼリアを？

「ほら、そういう顔するから言いにくかったんですよ。ハルト様にとってはそうでも、俺にとっては甘えたがりの可愛い子なんですから」

「そ、そうなんだ？」

まぁ、テオドールがそういうのであれば、俺は否定しないけど。

最近はフェリシーと仲がいいし、わがままも言っていないようだし。テオドールが兄上の側近になるのであれば、爵位も持たされるだろうから、公爵令嬢のローゼリアを娶《めと》っても大丈夫だろう。

俺に言いにくかったのは、ローゼリアが俺に婚約を迫っていたのを知っていたのもあるのかな。あれは恋愛感情なんてまったくなく、幼馴染の俺なら言うことを聞くとでも思っていただけだろうけど。

「ローゼリアならフェリシーと一緒に観覧席にいるよ。俺はフェリシーのところに様子を見に行くけど、テオドールも行く？」

「いや、今はよしておきます。まだ公爵からいい返事をもらえていないので。だから、ローゼリアにも秘密にしておいてください」

「わかったよ。じゃあ、兄上。獲物を運んでから休憩室に行ってくる」

「ああ、頼んだ。シャルロットの様子も見てきてくれ」

「了解」

俺がいたら話しにくいこともあるだろうと思って、三人を置いて休憩室へと向かうことにした。護衛たちに獲物を運んでもらいながら森の中を歩いて行く。

もう少しで休憩室が見えるところまで来て、俺の目が違和感に反応する。こんな場所で真贋の目が発動するなんて。休憩室に向かって歩いて行くローブをかぶったままの令息が真っ赤に見える。あれは何を偽《いつわ》っているんだ？

おそらく、ここにいてはいけない令息。狩りに来た格好には見えないな。目的が違うのにここにいる？

どちらにしても休憩室に入れてはいけない男のようだ。よく見れば、手に短剣を持ったままなのに気がついた。

「お前たち、獲物を運ぶのは頼んだ。この盾を借りるぞ！」

「ハルト様!?」

護衛が持っていた大きな盾を奪って走り出した。驚いている護衛たちを置いて、怪しい男の後を追う。

休憩室にはフェリシーがいる。シャルロット義姉上や母上たちも一緒にいるはずだ。あの男を近づけてはいけない。

走ってもすぐには追いつけず、男が休憩室へと入ってしまう。

やっと休憩室にたどり着いて中に入れば、階段に数名の令嬢が倒れている。腕や足を切られたようで血を流して座り込んでいるのが見えた。

あの男は上か。令嬢たちの合間を縫うようにして二階に上がれば緑のドレスの令嬢がたくさんいた。その中で、フェリシーとローゼリアがお互いを抱きしめるようにして座り込んでいるのが見えた。

そして、短剣を振りかざしているあの男が。

「させるか！」

二人の前に立ちはだかるように滑り込み、盾で押すように男にぶつかっていく。痩せ細った男は簡単に弾き飛ばされ、ごろごろと転がっていった。

「大丈夫か⁉　フェリシー！　ローゼリア！」

「……ハルト様？」

第十三章 ✦ 「女神の加護」はそんなにも大事？

もうダメだと思った。私を庇おうとしたローゼリアを守ろうとして、二人で抱き合うように倒れ込んでしまった。もう逃げるところもない。周りの令嬢も逃げるのに精いっぱいで私たちを助けることも難しい。

ブルーノが短剣を振りかぶったのを見て、もう逃げられないと思って目を閉じた。

「大丈夫か⁉　フェリシー！　ローゼリア！」

ここにいるはずのない人の声を聞いて、目を開ける。私たちの前に、大きな盾を持ったハルト様がいた。

「……ハルト様？」

「え、ハルトが助けに来たの？」

「緑のドレスには近づかないでって言ったのに、何があったんだ？」

「あの、令嬢たちに話しかけられて、断ったのだけど、その時にブルーノが来て」

「ブルーノ？　あれが？」

ハルト様の手を借りて、私とローゼリアが立ち上がった時、休憩室の反対側から悲鳴が上がる。

ブルーノがフルールに襲い掛かろうとしていた。

「いやあ、ブルーノ。やめて！　悪いのは私じゃないわ。フェリシーよ！」

「うるさい！　捕まったら俺も終わりだ。フルール、一緒に死のう……」

「嫌よ！　私は死にたくないわ！　やめて、ブルーノ！」

ブルーノは逃げようとしたフルールを捕まえ、首元に短剣を突き付けている。ミレーや他の令嬢は自分を犠牲にしてまでフルールを助ける気はないのか、近くには誰もいなくなっていた。

「おい、ブルーノ。やめておけ。そんなことをすればお前だけでなくアレバロ伯爵家も終わるぞ」

「それでいいさ！　どうせ俺は小さい頃からいらないものだと言われていたんだ！　アレバロ伯爵家も巻き添えにしてやる！」

「そこまでして欲しいものか？　そんな女が」

「は？　お前、フルールを馬鹿にするのか？」

そうまでしてブルーノはフルールに惚れているのか、ハルト様がフルールを見下すような発言をしたことに反発する。

「どこがいいんだ？　そんな女の」

「どこって、フルールは綺麗で優しくて」

「俺はそこまでフルールが綺麗だとは思えないし、優しい女は姉を虐待なんてしないぞ。フェリシーが虐げられていたのは、お前もよく知っているだろう」

「フェリシーは仕方ない。フルールのために生きて当然だから」

フルールのために生きるのが当然？　どうしてそんなことを言われなくてはいけないんだろう。

ブルーノは、私がどれだけラポワリー家で苦労してきたのか、わかっているはずなのに。

「どうしてよ。どうして私はフルールのために生きなきゃいけないの？」

「は？」

「私とフルールは同じ人間じゃないわ。ただ姉妹に生まれただけ。それも、もう私は違う家の養女になったのだから、何も関係はなくなったわ。それなのに、どうしてフルールのために生きなきゃいけないの？　そんなの絶対に嫌よ！」

ハルト様が前で守ってくれているからか、我慢できずに叫んでしまう。もうこれ以上、フルールの好きにはさせたくなかった。

「私はこれから先、何があってもフルールを助けないわ！」

「なんですって。フェリシーのくせに！」

それに反応したのはブルーノではなく、フルールだった。

美しい髪は乱れ、逃げまわったせいかドレスが破けほこりまみれになっている。化粧が崩れて疲れた顔にいつものような美しさはない。

だが、ブルーノはフルールが叫んだことで、短剣を首元から外した。危ないと思ってとっさに外したのなら、本当にフルールを傷つけるつもりはなかったのかもしれない。

それを確認したのか、ハルト様は落ち着いた様子でフルールに問いかける。

「フェリシーのくせにとは言うが、ラポワリー家は伯爵に落ちたのに、いつまで公爵家のフェリシーに無礼を働く気だ。これ以上爵位を下げたら、平民落ちもありうるんだぞ？」

「私が平民に？　ありえないわ。私は王太子妃になるんだから」

「お前が王太子妃に？　ありえないな」

「どうして？　私はこんなにも美しいのよ。選ばれるに決まっているじゃない」

まだそんなことを。こんなにも周りに迷惑をかけて、シャルロット様を悲しませて。

「もう、いいかげんにして！　フルールはちっとも美しくなんてないわ！」

「……は？」

「アルバン様だって、あなたよりもシャルロット様の方が美しいって言ってたじゃない！　シャルロット様に美しさで負けたのなら、あなたが勝てるものって他にあるの？　何一つないじゃない！」

「わ、私が負けたですって……」

「フルールは負けたのよ！　アルバン様がシャルロット様を婚約者に選んだ時点で、最初から負けているの！」

アルバン様がシャルロット様以外を選ぶなんてありえない。だから、フルールが何をしても、負けることは決まっていた。本当にどうして気がつかないんだろう。ここにはいい年した夫人たちもいるのに。

「この国の王太子妃が見た目だけの美しさで選ばれるなんて、そんな愚かなことあるわけないでしょう！　どうしてみんなそんなこともわからないの？　ねぇ、あなたたち。フルールがこの国の王妃になって、本当に大丈夫だなんて思っているんじゃないでしょうね!?」

ずっと聞きたかった。何を思ってフルールを応援しているのか。周りを見渡しながら叫んだからか、緑色のドレスを着た夫人や令嬢たちは恥ずかしそうに目をふせた。

そして、泣きそうな顔をしているミレーにも。

「ミレー。あなたなら一番よくわかっているはずよ。フルールに王太子妃、王妃はつとまらないって。この国を犠牲にしてまで、あなたは綺麗になりたかったの？」

「私は……」

「私は大きな傷あとがあっても、あの頃のミレーの方が綺麗だったと思うわ」

「……」

反論する気もないのかミレーは黙り込んでしまう。

言いたいことを言ってすっきりした気持ちでいたら、ハルト様が目くばせをする。

テラスにいた王妃様が騒ぎに気がついたようだ。テラスにいた近衛騎士たちが気配を消して、後ろからブルーノに近づいているのが見えた。

これでもう大丈夫だと安心したけれど、怒りに震えたフルールが叫びだす。

「うるさいわよ！　私は誰よりも綺麗で！　この国で一番幸せになるのが決まっているのだから！　フェリシーの力も、みんなの力も全部私のものにすれば、もっと綺麗になれるわ！」

「フェリシー、まずい。フルールに力を奪わせないように強く願うんだ！」

ハルト様に早口で指示を出され、以前に言われていたことを思い出す。私の豊穣の加護の力なら、邪神の力で奪われないようにできるはずだと。

やったことはなくても、ハルト様のことを信じている。力も美しさも奪わせないし、もうフルールの好きにはさせない。お願い、豊穣の神様！　ここにいるみんなを守って！

「私は誰よりも綺麗なのよ！」

フルールが今よりも美しくなろうとしているのか、自分自身へと邪神の力を使う。きらきらと光が降り注ぐようにフルールの身体を包んだ。あぁ、私の力では止められなかったのか……。

「え？　フルール様の身体が」

「なに、あれ。本当に女神の加護なの？」

私の力では守れなかったと思ったのは一瞬だけだった。輝いていたフルールの光が消え、顔に大きなシミができていく。目が落ちくぼんでしわだらけになって、その頬を押さえる両手もしわくちゃになっていた。

「ど、どういうことなの」

何かおかしいと感じたのか、フルールは宙を見てつぶやく。それを見て、ハルト様がフルールに真実を告げた。

「フルール。お前の力はもう使えない。二度と、だ」

「どうしてよ！」

ハルト様が言ったことが真実なのはここまでで、あとは周りを納得させるための理由を説明し始めた。

「神の加護はこの国のため、周りを助けるために神が授けたものだ。私的なことに使い、人を貶めようとすれば、神の加護は反転し呪いへと変わる。お前の力は奪われた。もう二度と女神の加護は使えない」

「………うそでしょう？」

「その手を見れば、事実だと理解できるんじゃないのか？　ほら、呪われている」

フルールがこわごわと自分の手を見る。老婆のような手。あの美しかったフルールの面影はない。

次の瞬間、近衛騎士が数名でブルーノを取り押さえる。美しくなくなったフルールに呆然としていたブルーノは、もう抵抗することなく捕まえられていた。

「え？　私の手も？」

「あなた、その顔はどうしたの⁉」

「そういうあなたもよ⁉」

フルールの力が消えたせいか、緑色のドレスの夫人や令嬢たちも騒ぎ始める。ミレーの頬には大きな傷あとが戻っていた。反動で美しさを失ったために、昔よりも傷あとが目立っている。

あちこちで悲鳴をあげているシミやしわができた顔。年老いたような手の甲。数人はフルールに何とかしてもらおうと、フルールのドレスを掴んで騒いでいる。

どうにかしてこの場を落ち着かせようと、ハルト様が大きな声で呼びかける。

「女神の加護は神に取り上げられた。誰かを陥《おとしい》れようとしていた者は呪いを受ける。心当たりがあるんじゃないのか？　フルールのためにシャルロット義姉上やフェリシーの評判を落とそうとしなかったか？」

　夫人や令嬢たちは心当たりがあったのか静かに泣き始めた。自分たちがフルールを支持していた理由が、身勝手なものだったと理解できただろうか。

「心から反省して行動を正せば、少しずつ戻れるかもしれない。それも呪いの大きさによるだろう。騎士たちが各自の家に送り届ける。おとなしく従ってくれ」

　これ以上、休憩室に緑色ドレスの集団を居続けさせるのはまずいからか、令嬢たちは王宮騎士に従って階段を下りていく。ブルーノに切られて怪我をした令嬢たちは先に連れ出され、教会へと送り届けられた。すぐに治療すれば大したことはないと聞いてほっとした。

　ブルーノは王宮の牢に、フルールはラポワリー家に戻された。

　混乱はあったものの春の狩り自体は無事に終わり、今年の祈願祭の女神役はシャルロット様になった。

第十四章 ✦ 二人のこれから

春の狩りから一か月が過ぎた。

フルールの邪神の力は残らず消え去り、フルールを王太子妃にという支持者も一人残らずいなくなった。

邪神の力を使い続けていたフルールの身体は、年老いた状態のまま戻らず、自分の部屋に閉じこもっていると聞いた。誰とも会いたくないと拒み、両親とすら会っていない。その両親は領地経営がうまくいかず、もうすぐ爵位を返上しなくてはいけないところまで来ているという。ベンがいなくなった後、やはり何もできなかったのだろう。

フルールの邪神の力によって綺麗になっていた者たちは、回数が少なかった者は回復したが、多かった者は元に戻らなかった。ミレーや側妃様、一部の夫人たちは二十歳も年老いた状態で、治癒士の力でも治すことはできなかった。

学園は人が半分ほどに減り、緑色の人工絹を身に着けている者はいなくなった。フルールの周りにいた者たちのほとんどがまだ学園に戻れていないのだから、それも当然だけど。

「これでもう人工絹の問題も解決するでしょうか？」

「すると思うよ。みんな邪神の力がなくなったことを女神の呪いだと思っている。その象徴とも言える人工絹を身に着けたいだなんて思わないだろうね」

「そうですか。フルールが周りを巻き込んでしまったことは申し訳ないですが、邪神の力が消えてほっとしました。フルールがあんなことになったのに、姉としては失格ですね」

「フェリシーが落ち込む必要なんてないよ。何度も警告はされていたんだ。これ以上邪神の力を使うなと。それなのにいさめなかった親と使い続けたフルールが悪い。虐待されていたフェリシーにはどうすることもできなかったんだ」

私が落ち込んでいたことに気がついたのか、両手をやさしく握られる。伝わってくる体温が私の心を温めてくれる気がした。

「それに、大丈夫だよ。フルールのことはエミールがなんとかするそうだ」

「エミール王子が？」

「フルールと結婚して、ラポワリー家に婿入りすると父上に申し出た」

「え？　結婚？　婿入り？」

あんな状態のフルールと結婚して婿入りするなんて、二人が恋人関係だったとは思えないのにどうして。

「何を考えているのかはわからないが、契約結婚のようだ。子どもは作らない、伯爵夫妻は領地で幽閉、フルールは離れで暮らすと聞いた。そして、側妃は離縁してエミールについていく」

「それはエミール王子の希望ですか？」

「ああ。エミールが望んだと聞いている。フルールも今まで通りの暮らしができるのであれば受けると。もう社交する気はなさそうだが、このままならラポワリー家自体がなくなってしまうからな。平民になるのは避けたいのだろう」

「本人たちが納得しているのであれば、それでいいのですが」

「そうだな。エミールが婿入りすることでラポワリー家の領地と爵位を戻すと父上が言っていた。六大侯爵家の問題もこれで解決する。あとは、兄上たちの結婚式が無事に執り行うことができれば、貴族たちも落ち着いていくだろう」

　アルバン様とシャルロット様の結婚式は半年後に行われる。もうシャルロット様よりも自分のほうが王太子妃としてふさわしいだなんて、愚かなことをいう令嬢もいない。問題なく執り行われる予定だ。


　そして、もうすぐ学年末になる頃、私とお義父様は王宮に呼び出されていた。

　陛下から呼び出されたことに動揺したが、お義父様は楽しそうに笑う。

「私の娘になってから半年過ぎたからね。公爵令嬢として戸籍に入ることを正式に認めてくれるのだろう」

「あ、そういえば……もうあれから半年過ぎたのですね」

「いろいろあって大変だったからね。謁見するけれど、特に難しいことはないよ。私も一緒だから大丈夫」

「はい」

　初めての謁見は緊張するけれど、お義父様が一緒なら大丈夫だと思い直した。陛下と王妃様には夜会と春の狩りの時にお会いしているので初対面というわけでもない。

当日、王宮に上がるために支度をして、お義父様と謁見室に向かう。そこには陛下と王妃様、そしてアルバン様とハルト様が待っていた。

「兄上、早いな。待たせてしまったのかな？」

「いや、問題ないよ。みんな張り切りすぎて早く準備が終わってしまっただけだ」

張り切りすぎてってどうしてだろうと思いながら、陛下の前に立つお義父様に並ぶ。

こうしてあらためて陛下を見ると、最初にお会いした時はハルト様と似ていないと思ったけれど、穏やかな笑い方は少し似ていると思う。目が合ったら、楽しそうな顔でにっこり笑いかけられた。

「フェリシー・アルヴィエ。正式にアルヴィエ公爵家の、ヨハンの娘として認めよう」

「ありがとうございます」

深々と礼をすると、頭が上がらないうちに次の言葉をかけられる。

「そして、第三王子ハルトの婚約者として認めよう」

「え……」

そうだった。半年過ぎて正式に公爵令嬢として認められたら、ハルト様と婚約する約束をしていた。驚いていたら、ハルト様は私の隣にならんで、陛下に顔を向けた。

「父上、婚約を認めていただき、ありがとうございます」

「あ、ありがとうございます！」

ハルト様が頭を下げるのを見て、私も慌てて頭を下げる。それを見てアルバン様がくすりと笑った。

「フェリシー、そんなに緊張しなくていいんだよ。ハルトも堅すぎる。お前がそんなだとフェリシーが緊張したままだろう」

「兄上、俺はこういう時くらいはしっかりしたほうがいいと思ったんだが。フェリシー、ごめん」

「いえ、そんなことないです！」

私が慌てていたのはハルト様のせいじゃなくて、婚約のことを忘れてしまっていたからで……とは言えない。なんとか誤魔化そうとしていたら、王妃様にも笑われてしまった。

「ふふ、堅苦しいのはこれくらいにしましょうね、ハルト」

「ああ、わかったよ」

「フェリシー、これからは私のことを母と呼んでちょうだいね」

「俺のことは兄と！」

「は、はい。よろしくお願いいたします！　お義母様《かあ》、お義兄様」

王妃様とアルバン様に呼びかけると、陛下が小さくつぶやいた。

「ち、父と呼んでほしい」

少しだけ頬を染めた陛下に、そこにいたみんなが笑ってしまう。

「はい、お義父様。よろしくお願いいたします」

「うん、二人目の娘ができたなぁ」

一人目の娘はアルバン様の婚約者シャルロット様のことだろう。うれしそうな陛下に、三人目の父ができたことを実感する。

本当の父親には愛されなかったけれど、こんなにもヨハンお義父様が私を大事にしてくれる。そして、これからはハルト様の家族も、私の家族となる。

「書類はもう署名するだけになっているが、正式なお披露目はアルバンたちの結婚式になりそうだ」

「兄上たちの結婚式か。それも仕方ないかな。まだ社交界は荒れたままだし」

正式なお披露目は夜会で行われるが、女神の呪いの影響で社交できるような状況ではない。通常なら、春の祈願祭の後の夜会と収穫祭の夜会。その他に夏の社交シーズンに開かれることもあるが、今年は夏の夜会を開けそうもない。一番近い公式行事はアルバン様とシャルロット様の結婚式になる。

仕方ないことだけど、あと半年も正式なお披露目ができない。

「ハルトとフェリシーに頼みたいことがあるんだ」

「俺たちに頼み？」

「ああ。フェリシーの加護で、荒れている領地を浄化してきてくれないだろうか」

「浄化ですか？」

浄化とはなんだろうと思っていると、ヨハンお義父様が説明してくれる。

「邪神の力の置き土産というか、呪いの影響でフルールを支援していた貴族家の領地が荒れている。このままだと今年の収穫は絶望的だ」

「そんなひどいことに……」

各地が大変なことになっているとは噂で聞いたけれど、そこまでひどい状況だとは思わなかった。

「フェリシーの神の加護、豊穣を使えば田畑や家畜は回復するだろう。だから、学園が長期休みの間に各領地を回って祈りを捧げてほしいんだ」

「私にそんなことができるのでしょうか」

私は加護の力を使ったことはないし、力があると実感したこともない。そんな私が荒れた領地に行って、力になれるのだろうか。不安に思っていたら、ハルト様が私の頭を撫でてくる。

「大丈夫。俺も一緒に行くから。父上、二人っていうのは、そういうことだろう？」

「ああ。フェリシーを一人で行かせるわけにはいかない。守れるな、ハルト」

「もちろんだ。フェリシーは俺が守る。だから、安心していいよ、フェリシー」

力強い言葉に励まされ、不安だった心が落ち着いていく。ハルト様が一緒にいるなら、きっと大丈夫。

「私の力でどこまでできるかわかりませんが、やってみます」

「それも心配しなくていい。浄化できたかどうか、俺の目で確認できるから」

「あ……」

そうか。ハルト様の真贋の目があれば、呪いが浄化できたかも見えるんだ。ほっとして笑ったら、ハルト様がまぶしいものを見るように目を細めた。

「……父上、もう話は終わった？　終わったなら、婚約の手続きを早くしてほしい」

「ああ。そうしよう。あとは署名するだけだ」

アルバンお義兄様から婚約手続きの書類が渡され、ハルト様と私が署名する。もうすでにお義父様たちの署名はしてあった。二人の署名が終わり、これで本当に婚約したことになる。

「じゃあ、もういいよね」

「ああ」

「行こう、フェリシー」

「え？」

ハルト様に手をひかれて謁見室から連れ出され、二人で王宮を歩く。

「どこに行くんですか？」

「どこに行こうか。俺の部屋か、中庭か」

「え？」

「やっと婚約できたんだ。二人きりになりたい」

耳を赤くしたハルト様に、私も顔に熱が集まる。そのまま歩き続け、中庭に出た時には夕日が綺麗に見えていた。

「綺麗……」

「うん、綺麗だ」

「えっ？　……んっ」

　夕日を見て綺麗だって言ったのに、ハルト様は私を見て、すぐにくちづける。急なことで心の準備もないままハルト様の唇を受け入れ、抱きしめられた腕の中でハルト様の胸に手をそえる。

「ごめん……フェリシーがあまりにも綺麗に笑うから、我慢できなかったんだ。怒った？」

「ふふ。怒ってないです。でも、驚いてしまうので、ゆっくりでお願いします」

「じゃあ、次はゆっくりするから、してもいい？」

「はい」

　両頬を手で包み込まれるようにされ、ゆっくりとハルト様の顔が近づいてくる。二度目のくちづけは優しく、ハルト様の心みたいな温かいくちづけだった。

冴《さ》えない加護持《かごも》ち令嬢《れいじょう》、孤高《ここう》の王子様《おうじさま》に見初《みそ》められる～美貌《びぼう》の妹《いもうと》に言《い》いなりの家族《かぞく》を捨《す》てたら、真《しん》の能力《のうりょく》が開花《かいか》しました～

2024年10月13日　第1刷発行

著　者　gacchi《がっち》

発行者　島野浩二

発行所　株式会社双葉社
〒162-8540　東京都新宿区東五軒町3番28号
［電話］03-5261-4818（営業）　03-5261-4851（編集）
https://www.futabasha.co.jp/（双葉社の書籍・コミック・ムックが買えます）

印刷・製本所　三晃印刷株式会社

［電話］03-5261-4822（製作部）
ISBN 978-4-575-24773-2 C0093